冷徹な辣腕パイロットは、愛を貫く極上婚約者でした

m a r m a l a d e b u n k o

マーマレード文庫

目次

冷徹な辣腕パイロットは、愛を貫く極上婚約者でした

冷徹な辣腕パイロットは、
愛を貫く極上婚約者でした

プロローグ

岩下鈴乃（いわしたすずの）、二十五歳。ずっと憧れ続けていた男性がいる。

三年前、おばあちゃんに会いに九州へと行った帰りに出会った、副操縦士だ。

とはいえ、彼とはほんの少しだけ会話をしたのみ。それだけの関係だ。

だけど、鈴乃の脳裏に強烈な印象を残していた。

三年経った今でも、あの切り抜かれた一瞬を忘れることなく鮮明に覚えている。

ハッとするほど美しい佇まいには誰もが息を呑み、その現実離れした雰囲気に感嘆のため息が出る。それほど素敵な男性だった。

きっと彼はあの瞬間のことなど忘れているだろう。

女性からプレゼントを貰うことや声をかけられるような出来事は、眉目秀麗な彼にとって日常茶飯事だろうから。

あの日、鈴乃は東京へと向かう飛行機に搭乗していた。

福岡空港を離陸したときには、「絶好の旅行日より！」と心が弾んでしまいそうなほど綺麗な青空で快晴そのものだった。

しかし、空は一変。青く澄んでいた空は、灰色の世界へと変わっていく。

吹き付けてくる風が強くて機内が揺れ始める。

それがますます酷くなっていき、窓の外を見て顔を顰(しか)めた。

すると、すぐに警告灯が点(つ)き、シートベルト着用サインが出る。

搭乗してすぐにトイレに立つ以外はシートベルトの着用をしてほしいとＣＡ(キャビンアテンダント)に言われて着けていたので、慌てる必要はない。

機内がざわつく中、アナウンスがかかる。

『副操縦士の杉園(すぎぞの)です。現在この機体は羽田空港へと向かっております。着陸まであと三十分ほどではございますが、関東上空には積乱雲が多発しており落雷が起きる可能性があります。なるべく雲を避けて飛行をしておりますが、機体が大きく揺れる恐れがあり席を立つのは危険です。着陸するまでは、どうぞ席にお座りいただきますようよろしくお願いいたします』

そのアナウンスが流れると、機内が落ち着いた。

きっと副操縦士の声に説得力があったからだろう。

窓の外を確認すると、黒く厚い雲が見えて視界が悪くなっている。

福岡空港で見た青空は嘘かと思うほどの光景に唖然(あぜん)としていると、急にドーンと大きな音が鳴り響き機体が揺れた。

乗客の悲鳴が、あちらこちらで上がる。

それも仕方がない。大きな音と共に、機体がズンと下がったのだから。

あと少しで羽田空港に着くというところまで来たのに、と乗客の誰しもが思っているだろう。もちろん、鈴乃も同じ気持ちだ。

——助けて、神様！

お守りが入っているバッグをギュッと握りしめる。

何回か大きく揺れたが、ようやく着陸態勢に入ったのだろう。

機体は大きなカーブを描きながら下降を始める。

黒く厚い雲を抜け、視界が開けた。

しかし、羽田空港は台風が直撃しているのかと思えるほどの悪天候だ。

横殴りの雨、そして風が強く吹き付けているのがわかる。

何度も機体が横風に打たれて揺れた。

それでも滑走路へと機体は向かっていく。なんとか着陸できそうなのだろう。

ホッと胸を撫で下ろした瞬間だった。

急にエンジン音が大きくなり機首が上がって急上昇したのだ。

「え？　どうして着陸しないの？」

なぜ、着陸しなかったのだろう。眼下には滑走路が見えるのに機体はどんどんと上昇していく。

――ゴーアラウンドって、これのこと？

その言葉が脳裏を過る。職場の先輩が体験したという、着陸復行。

着陸に危険を感じたときに、一度機体を上昇させて再度着陸態勢に入ることがあるらしいよと先輩に聞いたことがある。

横殴りの雨で視界が悪い上、かなりの横風を感じたので着陸を一度諦めたのだろう。

再び羽田空港上空で旋回したあと、今度は先程とは違う滑走路へと機体は向かっていく。

強い雨は降り続いているが、少しだけ横風は収まったようだ。

定刻を少しだけ過ぎてしまったが、機体は無事着陸した。機内の乗客たちの表情がようやく明るくなる。

「すごい……」

着陸するには最悪のコンディションだったはずだが、こうして無事着陸できたのはパイロットの腕が良かったからだろう。

ホッと安堵しながら、クルーに感謝した。

ポーンという合図音のあと、アナウンスが入った。

『副操縦士、杉園です。途中、落雷や横風などの影響で乗客の皆様にご心配、ご不安をかけてしまい申し訳ありませんでした。定刻を過ぎてしまい、ご迷惑をおかけしましたこと、深くお詫びいたします。このたびは弊社――』

落ち着きがある声を聞き「やっぱりすごいな」と感心する。どんな場面でも冷静に行動ができるパイロットなのだろう。

普通ならテンパってしまって、なかなか平静を保てるものではない。それなのに見事やり遂げたなんて。尊敬する。

アナウンスが流れている間に無事準備が整い、乗客たちはホッとした様子で降りていく。

その最後尾に鈴乃もついていきゲートを抜けたのだが、すぐそばにあるベンチへと腰をかけた。

「まだ心臓がバクバクしている……」

こうして地に足をつけていることを再度確認して安堵する。

ふぅと何度目かの深呼吸をして心を落ち着かせたあと、バッグから携帯を取り出して電源を入れた。

いくつかメールが来ていたが、その中には鈴乃を心配する九州のおばあちゃんからのものもあった。

天候悪化でちょっと怖かったけど無事羽田空港に到着したこと、これから自宅に向かうことを報告する。

おばあちゃんとあれこれメールでやりとりをし終えたあと、顔を上げて辺りを見回す。

機体から最後に降りた乗客は鈴乃だった。

同じ便に乗っていた乗客たちは、すでに誰もいない。静かなものだ。

今日発着する便は、これで最後だ。周りにいるのは空港のスタッフぐらいになりつつある。

そろそろ腰を上げようか。そう思ったときだった。

機内から男性のCA二人に支えられて一人の男性が歩いてくる。

その男性の服装を見ると、袖口には四本線が見える。どうやら機長のようだ。

機長はゲートに用意されていた車椅子に乗せられ、その場を去っていく。

大丈夫かな、と機長の姿を見つめていると、空港スタッフたちの会話が耳に入ってくる。

彼女らの会話を聞く限り、機長はどうやらフライトの最中に体調不良になってしまったようだ。

そこで、ふと思い出す。そういえば、着陸前に入ったアナウンスはすべて副操縦士が担当していなかっただろうか。

落雷のときも、そして着陸のときも。副操縦士一人で切り抜けた可能性がある。

乗客にこれ以上不安を植え付けないために、彼は一人であの難関を切り抜けたのだろうか。

すると、機内から一人のパイロットが出てきた。ハッと息を呑む。目を見張るほど素敵な男性だったからだ。

男らしい体躯に、甘く精悍(せいかん)なマスク。見惚れてしまうほどのオーラを纏(まと)った人だった。

彼と一緒にいたスタイル抜群のCAは、副操縦士に熱烈な視線を向けつつ上ずった声で興奮気味に言う。

「さすがは杉園さん！　最年少で機長になれると噂されているだけありますね」

彼女の目は、杉園という副操縦士に釘付けだ。それも熱量が半端ない。

端から見ていても、彼女が杉園に好意を抱いているのがわかるほどだ。

一方的に話しかけているＣＡに対し、杉園は褒められている状況なのに淡々とした様子である。

それなのに、ＣＡの彼女は気がついているのか、いないのか。

真相はわからないが、いぜんとして杉園に熱視線を向けて話し続けている。なかなかな強者だろう。

杉園から微かに醸し出されている、迷惑そうな空気を撥ね付けるように綺麗に彩られた唇が口角を上げた。

「機長が体調を崩されてしまったあとも、慌てることなく対処されていましたし」

「……」

「あの悪天候の中、怪我人を出すことなくランディングできたのは本当に素晴らしかったです！」

猫なで声で言うと、彼女はさりげない様子で杉園の腕に手を置く。

そして、彼の顔をのぞき込むように身体を近づけた。

「もしよかったら、これから食事に行きませんか？」

自分に自信があるからこそその技だろう。拒まれるなんて考えてもいないはずだ。

でも、彼女が自信たっぷりなのは頷(うなず)ける。本当に綺麗な女性だったからだ。

なんだかドラマの主人公たちみたいだな、と思って見ていると、杉園は彼女の手をやんわりとはずす。

その仕草は丁寧だ。しかし、彼の目は冷めていて、ギョッとしてしまった。

それは、手をはずされたCAも同じだったようだ。

最初こそポカンと口を開けて驚いている様子だったが、すぐに面白くなさそうに顔を歪めた。

彼女が何か訴えようとするのを遮るように、杉園は視線をわざとらしく腕時計に向ける。

彼女を一度も見ることなく、冷静な口調で諭(さと)した。

「諸岡(もろおか)、申し訳ない。作業が残っているから。のちほど、ブリーフィングで」

柔らかい口調ではあるが、あからさまに彼女を退(しりぞ)けた。そのことに彼女は気がついたようだ。

不機嫌な様子を隠さず、プイッと視線をそらして杉園から離れていった。

諸岡が履いているハイヒールの音に怒りが込められているように聞こえる。

その足音が消えると、ゲート付近には人がいなくなった。

先程まで乗客などのチェックをしていたGS（グランドスタッフ）は仕事を終えたようで、その場をあとにしていた。残されたのは、鈴乃と杉園の二人だけだ。

諸岡には「作業が残っている」などと言っていたが、杉園はその場に足を止め、ただ窓の外の先程自身が操縦していた飛行機を眺めているだけ。

外は横殴りの雨が今も尚、降り続いている。この調子では、他の交通機関にも影響が出ていそうだ。

今日は自宅に帰ることができるだろうか。そんなことをふと思いながら、杉園を何気なく見た瞬間だった。

彼はギュッと手を握りしめて、何かに耐えているような表情を浮かべる。唇を噛みしめたあと、視線が鋭くなった。

拳を握り、壁に打ち付ける。バンという音が静かなフロアに響き渡った。

彼の様子を見る限り悔しさを滲（にじ）ませているように見える。

今回のフライトについて、自分にダメだしをしているのだろうか。

彼の両肩には、鈴乃が想像する以上に重い責任がのしかかっていたはず。

機長が体調を崩してしまい、なんとしてでも早く空港に着きたい。その一心だっただろう。

一人では歩けないほど体調が悪化している機長の様子を見れば、早急に医者に診てもらいたいと思うのは当然だ。

だが、落雷は続き、あげく着陸を遮るような横殴りの雨と強い横風。それを回避しなければ機長はおろか、機内にいる乗員、乗客の命も危うくなってしまう。

だからこそ、彼は必死な思いでこの苦境を乗り越えた。

こうして無事に空港に辿り着き、安堵する気持ちはあるはずだ。

しかし、彼は今回のこの結果について満足がいっていないのだろうか。

彼の厳しい眼差しが、高い志を示しているように感じる。

だから、先程のCAが褒めちぎっていたことに対して塩対応をしていたのだろう。

褒められるべきことではない、と。

杉園は視線を落としたあと、再び顔を上げて先程まで彼が操縦していた飛行機を見つめた。

そして深いため息のあと、後悔を滲ませるかのように表情がより曇る。

「機長は最後のフライトだったのに……」

静かすぎるフロアには、彼の苦渋の声が微かに響く。

少しだけ離れてベンチに座っている鈴乃の耳にも届いた。

おそらく、彼はこの場に一人きりだと思っているのだろう。鈴乃の存在に気がついてそうもない。

彼の苦い想いが、こちらにも伝わってくる。

杉園としては、機長の最後のフライトだからと華々しい花道で送りたかったに違いない。

そんな中、挑んだフライトで体調を崩してしまった機長は、悔しい気持ちを抱いている。

その気持ちがわかっているからこそ、彼は色々な意味で悔やみ、悲しんでいるのだろう。

杉園は、泣き出してしまいそうなほど沈痛な面持ちになる。

その表情を見た瞬間。鈴乃は立ち上がり、思わず彼に声をかけていた。

「あ、あの!」

「え?」

振り返った杉園の顔は、驚愕の色が滲み出ていた。

彼はこの場に誰もいないと思っていたようなので、それも当然だろう。

しかし、そんな杉園を見て鈴乃はようやく我に返った。

自分はどうして彼に声をかけているのか。

それも何を話そうとしているのかも自分でもわからず、ただ途方に暮れる。

「どうされましたか？」

杉園はすぐに副操縦士としての表情へと戻った。乗客だったと思われる鈴乃を心配したのだろう。

しかし、頭が真っ白でどうしたらいいのかわからない。

「お客様？」

彼が困ったように再び声をかけてくる。

だが、自分が何をしたいのかよくわからなかった鈴乃は、ただただ慌てた。

持っていたバッグの中をのぞき込み、白い紙袋を掴む。

「えっと、あの！　これどうぞ」

「え？」

彼に押しつけたその袋には、福岡で有名な神社の名前が朱色で記されている。

その紙袋の中身は、先日神社に参拝したときに購入した開運招福のお守りだ。

幼なじみに「九州のお土産、何がいい？」と聞いたところ、開運招福のお守りが欲しいとお願いされたのだ。

なんでも、この神社は幸せを呼ぶ神様がいると有名らしい。

そんな話を聞いたため、鈴乃も御利益にあやかろうと自分のために一体いただいてきたのだ。

「とても御利益のあるお守りみたいなので！」

勢いのままそう言う鈴乃だったが、すぐにこのなんとも言えない空気を肌で感じる。

杉園の戸惑いの声を聞いて、ようやく自分が何をしでかしたのかを理解した。

ハッとして我に返った鈴乃は腰を九十度に曲げて、とにかく謝る。

「ごめんなさい。いきなり、あの……本当にごめんなさい」

「お客様？」

「私、どうしてもお礼が言いたくて。ありがとうございます。パイロットさんのおかげで皆無事でしたから」

泣きそうに見えたから元気づけたかった、なんてとても彼に告げられないと思った。

この場を取り繕いたくて咄嗟に出てきた言葉ではあるが鈴乃の本心だ。

目の前の彼はとても驚いた顔をしている。

だけど、先程の苦渋を滲ませた表情が消えてよかったとホッと胸を撫で下ろす。

彼にとって、誰にも隠しておきたかった感情だったに違いないから。

しかし、よくよく考えてみたら、なんて恥ずかしいことをしてしまったのか。

身体中が熱くなり、今すぐここから立ち去りたくなる。

挙動不審になっている鈴乃を最初こそ唖然とした様子で見ていた杉園だったが、急に吹き出す。

そして、声を出して笑い出した。

「え？」

予想もしていなかった展開に呆気に取られてしまいながらも、杉園を見つめる。

彼の表情がとても綺麗で、そして魅力的で。とにかく、かっこよかった。

胸がギュッと締め付けられてキュンとかわいらしい音を立ててしまう。

「心配していただきありがとうございます。それに、お守りもありがたく頂戴します」

「い、いえ……」

鈴乃がどうしてこんな奇行に出たのか。彼には伝わったのだろう。

どこか照れくさそうな様子がなんだかかわいらしく感じられ、心臓がうるさいほど高鳴ってしまう。

「もっと精進して、快適な空の旅をお客様全員が楽しめるようなパイロットになりますから」

　そう宣言する彼の表情は、お世辞などでなくかっこよかった。

　キラキラしていて、直視できないほどだ。

　彼と一緒に飛行機から降りてきたＣＡが言っていたが、きっと彼は最年少で機長になるだろう。そんな気がした。

　努力をたゆまずし続けている彼は、きっと素敵な機長になる。

　鈴乃も彼を見習いたいと強く思った。

「いえ、あの……では、失礼します」

　どうしても居たたまれなくなって慌てて頭を下げたあと、スーツケースを持って足早にその場をあとにした。

　あれから三年が経ったが、何度も副操縦士の彼との出会いを思い浮かべた。

　仕事がうまくいかなくて落ち込んだとき、人間関係に悩んだとき。

　仕事に邁進(まいしん)し続けている杉園のやる気に満ちた表情を思い出しては、勇気づけられていた。

　鈴乃にとって、あの出会いは宝物だ。

もう二度と会えないとわかっていても、あの瞬間はずっと胸の内に大事にしまっておきたい。

そう思えるほど、貴重な出来事だった。

飛行機に乗って旅行に出かけることが好きな鈴乃は、またいつか彼に会いたい、彼が操縦する飛行機に乗りたいと思い続けていたのだけど……。

でも、実は半ば諦めてもいた。そんな運命的な再会なんてありえないと。だけど――。

ここはシンガポールの歴史あるラグジュアリーホテルの一室。

まさか、憧れていたパイロットの彼に熱い眼差しを向けられているなんて……。

これは夢に違いない。

夢見心地で彼を見つめると、その綺麗で大きな手は鈴乃の頬に優しく触れた。

「あのご夫婦に聞いたジンクス……」

「え？」

「試してみないか？」

ホテルのロビーで出会った仲睦まじい老夫婦が聞かせてくれた、このホテルでのジンクス。

それは夢物語のようなジンクスで、本当なのか嘘なのか。見極めが難しいものだ。

「出会ったばかりの男女がこのホテルでキスをすると、恋に落ちて結ばれる。離ればなれになったとしても、再び出会うことができる。……そんなジンクスが本当なのか。試してみないか？」

蕩けてしまいそうなほど甘く、切なく。

彼の声は、媚薬のように翻弄してくる。

鈴乃の心は最初から決まっていたかのように、頭で考えるよりも先に唇が動いていた。

「……試して、みたいです」

彼が甘くほほ笑んでくる。その笑みを見て魔法にかけられた気になった。

夢見心地になっていた鈴乃は、彼の唇によって甘く溶かされていく。

何度も角度を変えては繰り返される口づけは、チョコレートのようにスイートで人を虜にしていくようだ。

「あ……っ、ん、んん」

甘ったるい吐息が零れ落ちてしまう。

恥ずかしくて堪らないから声を止めたいのに、それができない。

深く情熱的なキスをされるたびに甘美な刺激を感じてしまう。

彼の唇はとても熱く、柔らかい。夢中になってしまいそうだ。

最初こそ逃げ腰だったのに、いつの間にか積極的に彼の唇を求める自分がいた。

甘やかなキスの連続に、鈴乃の心はすっかり彼へと囚われていく。

――きっとこの恋は、一生ものの恋になる。

そんなことを頭の片隅に思い浮かべながら、彼からの情熱的なキスに酔いしれていった。

1

『ご搭乗いただきましてありがとうございます。定刻通りにシンガポール・チャンギ国際空港に着陸予定でございます。現地の天気は晴れ――』

副操縦士のアナウンスを聞きながら、窓から眼下を見下ろす。

小さくだが、空港が見えてきた。あと少しで着陸態勢に入るはずだ。

ハブ空港としても利用されるシンガポール・チャンギ国際空港はとても広くて、鈴乃も何度か利用したことがある。

しかし、乗り継ぎのために利用しただけで、シンガポールの市街地に足を運ぶのは実は初めてだ。

ウキウキする気持ちをなんとか落ち着かせながら、バッグの中に忍ばせておいた招待状を取り出す。

明日、シンガポールで友人が結婚式をする。その式に出席するために、鈴乃はシンガポールにやってきた。

『私、結婚式は海外でしたいの！』

幼なじみの彼女とは実家も近く、小さな頃からずっと一緒に過ごしてきた。

おままごとをしながら、いつも話していたのは〝将来の夢〟。

大きくなったら何になりたい？　どんなことしたい？　そんなことを取り留めもなく話していたことが懐かしい。

よく話題に上がっていたのは、結婚のことだ。

どんな人と結婚したいのかというのはもちろんだが、式についても大盛り上がりで話した。

それは、大人になってからも同じだ。

鈴乃は大きくなるにつれてあれこれ希望や夢は変わっていくのだけど、彼女の希望は昔からぶれなかった。

「……本当に結婚しちゃうんだもんなぁ」

小さく呟きながら、招待状に書かれてある両名の名前を見つめる。

彼女の夫になる人物は、高校のときの先輩だ。

あの頃から、密かに彼女は彼に想いを寄せていた。

付き合う前から『私、先輩と結婚しちゃうかも』などと冗談交じりで言っていた彼女だが、その後、本当に先輩と付き合うことになり、そして明日彼の妻となる。

昔からの夢を、彼女は明日叶えることになるのだ。

今からとても楽しみだ。彼女はどんなウェディングドレスを身に纏うのだろう。

想像しただけで、わくわくしてしまう。

飛行機は無事シンガポール・チャンギ国際空港に到着し、鈴乃は足取り軽く入国審査に向かう。

つたない英語で入国審査を終え、シンガポールに入国できた。

やはり、初めて訪れる国では何もかもが新鮮で緊張してしまう。

スーツケースを受け取ったあと、足を止めて携帯をのぞき込む。

ホテルにこのまま直行しようかと思ったのだけど、チェックインの時間まで少しある。

それなら、この空港を楽しんでからホテルに向かうのもいいだろう。

まずはスーツケースを手荷物預かり所に預けたあと、空港内のアミューズメント施設へと向かう。

ここは数年前にできたばかりの空港に併設された複合施設で、シンガポールを代表するランドマークの一つとなりつつあるようだ。

鈴乃は以前とある雑誌の記事を見て、シンガポールを訪れたら一度行ってみたいと思っていた人工滝に足を運ぶ。

「うわぁ、すごい……っ！」

圧巻の風景だ。室内にいながら、これだけ壮大な滝を見ることができるなんて。

すごい建造物を目の前にして、思わず口が開いてしまう。

夜に行われるショーの時間までここに滞在をし、夕ご飯を食べたあとホテルに向かおうかと一瞬、考える。

だけど、すぐに頭を振って払拭した。

今夜は宿泊先のホテルにあるレストランで、チキンライスを食べる予定にしている。

美味しいと評判らしく、とても楽しみにしていたのだ。

チキンライスを諦めるのは、少し惜しく感じる。

今日宿泊するホテルは、なかなかにランクの高いホテル。久しぶりの旅行だからと、奮発したのだ。

リバーサイドに立地するそのホテルからは、シンガポールの象徴となる建造物を眺めることができるらしい。

ライトアップの時間には幻想的な景色が楽しめるようなので、絶対に見たいと思っていた。

それに、明日は結婚式に参列するのに、疲労困憊で友人の祝福に向かう訳にはいかないだろう。

——うーん、名残惜しいけど……。仕方ない。

後ろ髪を引かれながら、再び空港ターミナル方面へと向かう。

スーツケースを荷物預かり所で受け取ったあと、タクシー乗り場へと行く。

タクシーを待つ乗客はさほどいない。この調子なら、すぐに乗ることができそうだ。

ホッとしながら進行方向を向いた。そのときだ。

反対側から歩いてきた女性の様子がおかしいことに気がつく。

虚(うつ)ろな目をし、足取りもなんだか危なっかしい。

心配になりながら、通り過ぎるまで目で追う。

完全にその女性とすれ違い、大丈夫かしらと心配した、そのときだった。

ドサッと何かが倒れる音が背後から聞こえる。

慌てて振り返ると、そこには先程すれ違った女性が倒れ込んでいた。

驚きのあまり声が出なかったのだが、すぐに我に返る。こうしては、いられない。

「大丈夫ですか⁉」

スーツケースとトートバッグを投げ出して、その女性に駆け寄る。

動転していたため咄嗟に日本語で話しかけてしまったが、通じただろうか。

その女性に意識はあるようで、ゆっくりとした動作で上体を起こし「ダイジョウブ」と片言の日本語で返事をしてくれた。

まずは大丈夫そうだ。

ホッと胸を撫で下ろしていると、その女性は青白い顔なのに立ち上がろうとする。

「ダメですよ！　人を呼んできますから。少し待って——」

タクシー乗り場に行けば、現地スタッフがいるはずだ。

彼らに助けを求めた方がいいだろう。彼女の体調によっては、救急車を呼んだ方がいいかもしれない。

そう思ってタクシー乗り場へと向かう道に視線を向けたときだ。

鈴乃の荷物を男性たちが掴んで走り出した瞬間を視界に捉えた。

「え!?　ちょっと待って！」

必死に声を上げたのだけど、その男たちはものすごいスピードで鈴乃の荷物を持ったまま逃走してしまう。

スーツケースももちろん大事だが、特にトートバッグは何があっても取り戻したい。

あのトートバッグは、友禅(ゆうぜん)の着物を解いて作った一品モノ。昨年亡くなった父方の祖母の形見だ。

「や、やだ！　誰か、その人を捕まえてくださいっ！」

本当は自分がその男たちを追いかけたかった。

だけど、倒れてしまった女性をそのままにして、この場から離れられない。

「え？」

何が起こったのか、わからなかった。

この場から逃げ去っていく彼女の後ろ姿を、ただ見つめるだけしかできない。

先程までは真っ青な顔をして蹲(うずくま)っていたはず。それなのに、どうしてあの女性は全速力で走り去ることができたのだろうか。

――もしかして、あの男たちと共犯だった……？

呆然として立ち尽くし、何も考えられずにいる鈴乃の耳に「大丈夫か!?」という慣れ親しんだ日本語が飛び込んできた。

＊　＊　＊　＊

「杉園機長、お疲れ様でした」

「お疲れ様。よい休日を。あさって、またよろしく」

よろしくお願いします、そんな元気なCAの声を聞いて手を上げる。

杉園翔吾(しょうご)はクルーたちに労(ねぎら)いの言葉をかけたあと、制服のままスーツケースを持ってオフィスを出る。

機長になってから、早二年。気がつけば三十五歳に。努力を続け、順調に機長になることができた。

社内では最速ではないかと言われているが、機長になることがゴールではない。

常に技術を磨き、安全にフライトできるように心がけている。

毎日同じ空が続く訳ではない。どのフライトでも危険はつきものだ。

だからこそ、慢心せずに努力を続ける必要がある。

こっそりと制服の胸ポケットに手を当てた。ここには、翔吾にとって大事な宝物が入っている。お守りだ。

思い出と共にあるのは、翔吾にとっての戒(いまし)めでもある。

フライト前と後。こうしてポケットに入っているお守りに手を当てるのがルーティーンになっている。

しかし、お守りは一年ほどで効力が切れてしまうという。

三年前に乗客の女性にもらったものだから、とっくの昔に御利益はないだろう。その上、何しろこのお守りは……。

思わず頬が綻んでしまいそうになるのをグッと堪えながら、もう一度胸ポケットの中にあるお守りを撫でた。

あのときの女性は元気にしているだろうか。

こうしてフライトを終えたあと、いつも思い出すのは三年前のあの日。

だが、残念ながらその女性の顔はおぼろげで思い出せない。

あのときはビックリしすぎて、ろくにその女性の顔を見ることができなかったからだ。

ただ小柄でかわいらしい雰囲気の人だったなという記憶だけだ。

もう一度きちんとお礼を言いたいところだが、その女性の素性を何も知らないのだから会うことは不可能だろう。

残念に思いながらも、まだ心のどこかでは諦め切れていない自分がいる。

ここはシンガポール・チャンギ国際空港。現地時間で夜六時を回ろうとしていた。

先程無事フライトを終えてブリーフィングのあと、タクシー乗り場へと足を向ける。

今夜はこれで仕事は終了。明日は丸一日オフで、あさっての午後の便でフライト予定だ。

一日オフが入っているのは、ありがたい。明日は少しゆっくりできるだろう。

――今夜はきっと、アイツに付き合わされるだろうからな。

その人物の顔を脳裏に浮かべる。

生意気な態度でニシシと笑っている姿が目に浮かんで、思わず小さく笑った。

これから向かうホテルは、シンガポール中心街にほど近い場所に建っている歴史あるホテルだ。

通常なら会社指定のホテルでの宿泊が義務づけられているため、空港近くのホテルに泊まる。

しかし、今夜は他のホテルに宿泊することを会社には前もって申請してあるので、今からタクシーで向かう予定だ。

観光目的などで会社指定ホテルに泊まらないクルーもたまにいる。

だが、実際問題休みがなく次の日の夕方のフライトだったりすると、体内時間を合わせるのも大変だ。

だからこそ翔吾は今まで会社指定ホテル以外には極力宿泊しないように心がけてい

た。

　しかし、今回はイレギュラーだ。明日一日オフの上、あさって午後にフライトという、少し余裕のあるスケジュールになっていること。

　そして、シンガポールに住んでいる妹、富貴子から「久しぶりに兄貴と話したい」と連絡が来たため、このフライトに合わせて会うことを約束したのだ。

　最近はご無沙汰にしていたが、元気にしているだろうか。

　電話やメールでは近況を報告し合ったりしているが、やはりきちんとこの目で確認しなければ心配になる。

　杉園家は三人兄弟だ。長男は翔吾で、次男と長女――富貴子がいる。

　兄弟仲はいい方だとは思うが、特に翔吾と富貴子は性格などがよく似ている。基本、考え方が似通っているのだろう。

　富貴子はすでにホテルにやってきていて、ラウンジにいるとメールが入っていた。

『兄貴が来るまで、一人で飲んでいます』

　パチンと額に手を当てて、天を仰ぐ。

　急がなくては、食事の前なのに酔っ払いになる可能性が大だ。

　足早にタクシー乗り場へと向かっていると、叫ぶような声が聞こえてきた。それも日本語だ。

シンガポールに観光へやってくる日本人はたくさんいる。

先程も自身が操縦する飛行機に搭乗していたはず。

だから、この土地で日本語を耳にする機会はあるだろう。

しかし、その声は助けを求める叫びのように聞こえる。

はっきりとは聞き取れなかったが、日本人がＳＯＳをだしていることだけは伝わってきた。

タクシー乗り場の上、通路には日本人女性らしき姿が見える。その傍らには、誰かが蹲っていた。

病人かと思ったが、どうやら様子がおかしい。

日本人女性が手を伸ばした先、そこにはスーツケースとバッグを持った二人組の男たちが逃げていく姿が見える。

そして、彼女の傍らにいた女性は反対方向へと全速力で走っていく。

それを見て、グループによる置き引きだと咄嗟に判断した。

スーツケースとバッグを持った男たちは、ちょうどこちらに向かって走ってくる。

鬼気迫る様子の男たちを見て、通行人たちは体を引き通路を空けるばかり。彼らを止めようとする者は現れない。

周りは現地の人間のようだから、日本語でのSOSが通じなかったのもあるだろう。

こちらに向かってきた男二人組の前に、翔吾は立ち塞がる。

『そこをどけ！』

すごい勢いで捲し立てる男たちは、そのまま強行突破するつもりのようだ。

だが、避けようとしない翔吾に向かい、口々に汚い言葉を投げつけてくる。

『どけと言っているだろう！』

そんな彼らを睨み付け、威圧感を与える。

『それは彼女の荷物だ。置いていけ』

一触即発といった空気が立ちこめた。相手の男たちが息を呑み、動きを止める。

鋭い視線を向けると、男たちは震え上がったように動かなくなった。

体格差で考えても、翔吾の方が強そうだ。それは男たちにも伝わっているのだろう。

蛇に睨まれた蛙のように微動だにできない様子だ。

それを見た翔吾はゆっくりと、尚且(なおか)つ圧をかけるように一歩を踏み出して男たちに近づく。

『置いていけと言っている』

冷酷な目で一瞥（いちべつ）すると、男たちは『クソッ！』と言葉を吐き出して翔吾の隣を通り抜けていった。

残ったのは、かわいらしいウサギのキャラクターが印刷されているスーツケースとトートバッグ。

そして、視線を遠くに向けると、唖然とした様子で口を開いて立ち尽くしている彼女と目が合う。

彼女は今も動けない様子だ。

翔吾は息を吐き出したあと、彼女のスーツケースとバッグを持ってその場に立ち尽くしたままの彼女のところまでいく。

「ほら、このスーツケースとバッグは君のモノで間違いないか？」

「は、はい！　えっと、ありがとうございました。助かりました」

ピョコンと勢いよく頭を下げながら、お礼を言ってくる。

その様子がこのスーツケースにプリントされているウサギのように見えて、庇護欲をかき立てられた。

思わず頭を撫でたくなったが、慌ててその手を下ろす。

――相手は見ず知らずの女性だ。さすがにダメだろう。

元々かわいいモノや動物が好きとはいえ、愛くるしい容姿と性格に優しくしたくなってしまった。

心の中で自身を諌めながら、緩みそうになった表情を戻す。

顔を上げた彼女は大きな目を少しだけ潤ませながら、こちらを見上げている。

小柄でかわいらしい。その上、その潤んだ瞳がやはり小動物のように見えてしまう。

それにミディアムヘアの髪はフワフワの猫っ毛で、愛らしい雰囲気の彼女によく似合っていた。

翔吾よりかなり年下のように見える。二十代半ばぐらいだろうか。

確かに小動物系は好きだ。だが、女性に対して、それも見ず知らずの人にこんな感情を抱いたことがなく戸惑ってしまう。

目の前の女性に知られたくなくてコホンと咳払いをしてごまかしたあと、彼女のためだと心を鬼にして厳しく注意をする。

「あれは、置き引きのよくある手口だ。数人のグループで犯行に及ぶんだ。君に助けを求めるように女が倒れたフリをしただろう?」

真剣な面持ちで翔吾を見つめ、深く頷く彼女。素直な性格も好印象を与える。

しかし、そんな素直な彼女だからこそ、今回置き引き犯たちにターゲットにされたのだろう。

素直なことは美徳だとは思うが、時と場合によってはそれが裏目に出る。

だからこそ耳に痛いことだとは思うが、彼女には気をつけてほしくて強めに叱咤しようとした。

でも、今にも倒れそうなほど真っ青な顔色の彼女が心配になり、口を噤む。

今後、彼女が危険な目に遭わないよう注意するべきかもしれない。

だが、彼女は実際に被害に遭った——とはいえ、荷物は取り返すことができたが——当事者だ。

彼女の表情を見れば、反省していることは伝わってきた。

これ以上は責める必要はないだろう。それより、心のケアの方が大事そうだ。

そう思っていると、ストンと彼女がその場にしゃがみ込んでしまった。

「大丈夫か?」

慌てて腰を落とし、彼女と視線を合わせる。

すると、彼女は眉尻を下げて困ったような表情になった。

「ホッとしたら、腰が抜けちゃったみたいで……」

顔を真っ赤にさせて恥ずかしそうに視線を泳がせる彼女を見て、少しだけ安堵する。

どうやら恐怖で震えているという訳ではなさそうだ。

涙が少しだけ滲んでいる彼女の瞳がとてもかわいらしくて、思わず彼女に手を伸ばしてしまった。

彼女の頭に触れ、優しく労りながらヨシヨシとゆっくりとした動作で撫でる。

「よく頑張ったな」

「え？」

首を傾げて不思議がる彼女に、柔らかい口調で伝えた。

「きちんと声を上げ、周りの人間に助けを求めただろう？　君の声はしっかり聞こえた。人間は恐怖を覚えたとき、声が出なくなるものらしい」

その柔らかくて艶やかな髪をクシャクシャと乱すように、頭を撫でた。

「君は最善の行動を取れた。偉かったな」

優しいタッチでポンポンと彼女の頭に触れたあと、頬に笑みを浮かべる。

そんな翔吾を見て驚いた様子の彼女だったが、ゆっくりとその小さな唇から笑みが零れ落ちた。

キラキラと目映いほどの笑みを直視し、ハッと我に返る。

ようやく自分が何をしたのかを思い出した。

見ず知らずの男が許可もなく女性の頭を撫でるなんて行為、褒められたものではない。それどころか非難されるものだろう。

常の自分らしくない行動の数々に、翔吾は頭を抱えたくなった。

どうやら、こちらの動揺など気づいてもいないのだろう。

目の前の彼女は、目を丸くしてキョトンとしている。その無防備さに、ため息が出てしまいそうになった。

「断りもなく、触れてしまい申し訳ない」

謝罪を入れると、最初こそは首をコテンと傾けて不思議そうな目をしていた。

しかし、すぐに勢いよく首を横に振る。

その様子はやはり小動物のように見えてしまう。

「いえ、とんでもないです。助けてもらって感謝していますし、貴方(あなた)に触れられてイヤじゃありませんでしたから」

何も言わない翔吾を見て、彼女は困惑したように眉尻を下げた。

そんな仕草の彼女を見て、胸中では盛大にため息をつく。

——そういうところだぞ！

無防備に、それも見ず知らずの男に言っていい言葉では決してない。

だが、彼女はあの言葉と仕草に危険性が含まれているなんて微塵も感じていないのだろう。

彼女の様子を見る限り、すんでのところでギリギリ危機回避をしてきたようにも見えるが……。

翔吾とは初対面だ。少しぐらいは警戒した方が、彼女のためだと思うのだけど。

危機感の足りない彼女に苦言を呈すると、何度か瞬きをしたあとにっこりと自信満々な笑みを浮かべてきた。

「私だってむやみやたらに信用しませんっ！　特に男性に対しては」

エヘンと胸を張る素振りを見せた彼女を見て、頭が痛くなる。

とてもそうには見えない。目を細めて訝しがると、彼女は真剣な面持ちになる。

「だって、パイロットさんですよね？」

「あ……」

そこで自分が制服を着ていたことを思い出す。

確かに航空会社のパイロットだと判明すれば、安堵するのもわかる。しかし……。

「確かにそうだが……。それでもあまりに人を信用しすぎるのもよくない。特にここは、日本ではないんだぞ。用心するに越したことはないと思うが」

「そうですよね。すみません。気をつけます」

神妙な顔つきで頷く彼女を見て、ようやくホッと息を吐き出す。

そして、彼女に向かって手を差し出した。

「ほら」

「え？」

「いつまでその場に座っているつもりだ？」

「そ、そうですね」

キョロキョロと辺りを見回したあと、恥ずかしさが込み上げてきたのか、彼女は翔吾が差し出した手にちょこんと小さな手を載せた。

ほんわかとした優しいぬくもりが伝わってきて、それだけなのにドキッとしてしまう。

アラフォーを目前とした大人が、思春期みたいな反応をすることに恥ずかしくなる。

彼女を目の前にすると、なぜかいつものようにクールに対応することができない。

心の中でこっそりと苦く笑いながら、それを表面に出さないように注意する。

グイッと彼女を引き上げると、その軽さに驚いてしまう。

小柄な彼女と並ぶと、翔吾とはかなり身長差があることがわかる。

彼女は成人女性だ。自分のことは自分でできるだろうし、責任を負うことも可能だろう。

だけど、どうしてか先程の出来事が脳裏を過ってしまい、このまま彼女を放置するのは気が引ける。

このあと、もしも万が一な事件が起きたら……などと想像してしまう始末。

何かあったら後味が悪い。それにこれから当分の間、彼女のことを心配し続ける自分が容易に想像できた。

それぐらいなら、とお節介を焼くことを決める。

——本当、今日の俺はどうかしているな。

何度目かの苦笑を胸中で漏らしたあと、彼女に問いかける。

「それで、今からホテルに向かうのか？」

「はい。タクシーで向かおうとしていたところだったんです」

聞けば、どうやら翔吾が今日宿泊するホテルと同じだ。

これも何かの縁だ。きちんと彼女をホテルまで送り届ければ、ようやく安堵できる。

「俺と同じホテルだ。一緒に向かおう」

「え？」

驚いた表情を浮かべ、また瞬きを繰り返した。彼女の癖の一つだろうか。

そういうところも愛らしいと感じてしまう自分は、やっぱりどこかおかしい。

「とりあえずホテルのフロントまで送らせてくれ」

「えぇ！」

驚くのも無理はないだろう。

普通なら「今後は気をつけてね」と手を振って解散といった流れになるはずだからだ。

目を見開いている彼女に、畳みかけるように続ける。

「今、トラブルに見舞われたところだろう？　また何か君の身に起こりはしないかと心配で仕方がない。送る。送らせてくれ」

どこか懇願めいた感じで言うと、彼女は口をぽっかりと開けて呆気に取られていた。

それを見て今更ながら羞恥心を覚えていると、彼女は申し訳なさそうに呟く。

「でも……。お仕事終わりで疲れていますよね？　お邪魔になりませんか？」

「ならない。むしろここで別れたら、君がホテルに無事着けるかどうか心配でおちおち寝てもいられない」

きっぱりと言い切ると、彼女はプッと吹き出して笑った。キラキラとした笑顔がやっぱり眩しい。

「ありがとうございます。パイロットさん、実は心配性で世話焼き屋ですね」

無言になってしまう。

常の翔吾は、その真逆な性格をしている。それは自他共に認めるところだ。

仕事仲間たちには鬼だとか厳しすぎるだとか、評価は散々なもの。

異性からの評価としては、冷酷だと言われることが多々あるのだが……。

しかし、彼女に対しては最初から好印象だった。結果詐欺だったとはいえ、すぐさま人を助けた姿を見て感動してしまったほどだ。

荷物が盗まれてしまったのだから、それを取り返したいと思うはず。

だけど、それより人命救助の方を選択した。できそうで、なかなかできないと思う。

大半の人ならパニックに陥り、オロオロしてどちらにも手がつけられなくなると思うのに、彼女の動きに迷いはなかった。

小動物のようなかわいらしい女性なのに、心の強さを感じたのだけど……。

一体、今日はどうしたのか。

自分のことなのに、誰かに問いかけたくなってしまう。

「ほら、急ごう」

眼下に見えるタクシー乗り場には、続々と乗客が集まってきている。

時間も時間だけに、これからタクシーを求める人が多くなるはずだ。

「では、すみませんがよろしくお願いします。パイロットさん」

ペコリと頭を下げられたが、思わず顔を歪めてしまう。

「杉園翔吾」

「え？」

「俺の名前」

「パイロットさんの……お名前？」

なぜか目の前の彼女は動揺したように見えた。

それが少し不思議に感じたが、あまり気にかけずに続ける。

「ああ。さすがに今は勤務時間外だ。パイロットさんは、どうも……」

「確かに、そうですよね」

慌てる彼女に、名刺は社則で作ってはいけないことになっているから持ち合わせていないことを告げる。

すると、彼女は「私も持っていません」と前置きしたあと、彼女も自身の名前を名乗った。

「私は、岩下鈴乃と言います」

そう言ってほほ笑む彼女を見て、どこか懐かしく思ったのは……どうしてなんだろう。

ノスタルジックな淡い記憶を手繰り寄せようとするのだけど、あと少しというところで掴み損ねてしまう。

「杉園さん、行きましょうか」

鈴乃に呼びかけられて、ハッとする。曖昧（あいまい）な感情をごまかしながら「ああ」と頷いた。

2

タクシー待ちの列に並んだが次から次にやってくるため、さほど待つことなく乗車できた。

「ほら」

そう言って翔吾は手を鈴乃に向かって差し伸べる。

その大きな手のひらを見てドキッと胸が高鳴ってしまう。

——え？　どうして手を差し伸べてくるの？　手を繋ぐってこと？

挙動不審になっていると、彼は鈴乃の方へと近付き足下を指さしてくる。

首を傾げながらも、彼が指で示した先を見つめた。そこでようやく盛大な勘違いをしていたことに気づく。

彼はスーツケースをタクシーのトランクに入れてくれようとしていたのだ。

「お願いします！」

慌ててスーツケースを持ち上げようとすると、それを彼に止められる。

ヒョイッと軽々とスーツケースを持ち上げた翔吾は、それをトランクの中へと入れてくれた。

「……もう、私ったら。完全に舞い上がっちゃっているよね」

彼が自分のスーツケースもトランクに入れているのを見ながら、小声で呟く。

真っ赤になっているだろう頬を両手で覆うように隠す。

飛び上がりながらこの歓喜を誰かに伝えたくなる鈴乃だったが、それをなけなしの理性でなんとか制御する。

嬉しさのあまりフワフワとどこかに飛んでいってしまいそうだ。

心の中で喜びを爆発させる自分に苦笑するが、それでもこの再会を喜ばずして何を喜ぶというのか。

トランクに荷物をしまい終えた翔吾は、タクシーの後部座席のドアを開いて声をかけてきた。

「岩下さん、乗って」

「は、はい！」

声が上ずってしまう。また、恥ずかしいところを彼に晒してしまった。

赤くなった顔を翔吾に見られないように、気をつけながら座席に座った。

『――ホテルまで』

翔吾が流暢(りゅうちょう)な英語でタクシードライバーに告げると、車はゆっくりとロータリーを抜けて車道へと出ていく。

日はすっかり落ち、街は光の粒に満ちていた。

いつもだったら、訪れた異国の地を目に焼き付けようと必死に車窓を眺めるところだ。

だが、今の鈴乃にはそんな余裕は一欠片も残されていない。

ずっと憧れていて、もう一度会いたいと願っていた人が隣にいるのだから。

三年前のあの日。福岡空港から羽田空港に向かって飛んだ飛行機は、悪天候のせいでなかなか大変なフライトだった。

そのフライトをなんとかこなして無事羽田の地に着陸させたのは、今鈴乃の隣に座っている翔吾だ。

当時、副操縦士だった彼だが、あのときのCAが言っていた通り、この三年間に彼は機長になっていた。

あのフライト後、彼の心には色々な感情が渦巻いていたことだろう。

それでも前を向き、もっと上をと向上心溢れた表情をしていた。

そんな彼を見て、自分も頑張らなくちゃと勇気をもらったのだ。

鈴乃はごくありふれたＯＬだが悩みはあるし、不安だってある。

そんなときには、あの出来事を思い出して勇気づけてもらっていた。

あの副操縦士のように、強くなりたい。

自分の力が足りないことを悔やみ、思い悩んだとしてもそれをバネにして一歩を踏み出したい。

一度きり、それも少ししか会話をしていない。悔やむ彼に元気になってもらいたくてお守りを押しつけただけ。

最初、翔吾があの副操縦士だとは気がつかなかったが、どこか懐かしさを覚えた。

そのことが不思議だったのだが、彼が名前を教えてくれたとき、ようやく三年前の記憶と目の前にいる彼が重なったのだ。

それからの鈴乃は、自分でも浮かれていると苦笑したくなるほどだ。

ソワソワしていると、翔吾が話しかけてきた。

「岩下さんは、シンガポールには観光で？」

落ち着きのない鈴乃を気遣ってくれたのだろう。彼はこちらを向いて声をかけてくれる。

「いえ、今回は結婚式に出席するために来たんです」

彼の質問に答えながら反射的に横を向いたのだけど、視線が合った瞬間。心臓がドキドキしてしまい、この場から逃げ去りたくなってしまう。

——憧れの人と同じ空間にいるって、こんなふうになっちゃうものなの？

予想していなかったほど、緊張している自分に気がつく。

目を見てなんて話せない。すぐさま視線をそらしたくなったが、なんとか平静を保ちながら少しだけ視線を横に向けた。

あからさまに視線をそらしたら失礼にあたる。

だけど、直視できない。そんな鈴乃が捻り出した苦肉の策だ。

憧れの人。ずっと会いたいと思っていた人。

その上、こんなに眉目秀麗な男性と話しているという今の状況が信じられなくて夢見心地になる。

低く優しい、男性らしい声。思わずうっとりしてしまうのは、きっと鈴乃だけではないはずだ。

「そうか、海外ウェディングか……めでたいな」

「はい。花嫁は、幼なじみなんです。だから、とっても嬉しくて」

声を弾ませると、彼は柔らかい笑みを頬に浮かべた。

ドキッとしてしまうほど、素敵だ。

これ以上は彼の方を向いていられなくなっていると、ちょうどクラクションの音が聞こえた。

これ幸いとクラクションが鳴り響いた方を見つめる。

ずっと彼との再会を心待ちにしていた。だけど、実際は緊張の連続だ。

それに、彼はやはり鈴乃のことを覚えていなかった。それが、ちょっぴり寂しい。

わかっている。毎日たくさんの人と出会い、それこそ彼が操縦した飛行機の乗客なんて何万人といるはずだ。

プライベートだって、色々な女性を見てきているだろうと容易に想像できる。

百人いれば底の方に埋もれてしまうほど特に秀でたものもなくなんの特徴もない、そんな鈴乃を、彼が覚えているはずがなかったのだ。

考えればわかることなのに、どこかで期待していた自分が恥ずかしくなる。

「三年前に会ったことがあるんですけど。覚えていますか？」などと聞いて、「覚えていない」と言われてしまったらさすがにガッカリしてしまいそうだ。

墓穴を掘ることはないだろう。そう自分に言い聞かせていると、タクシーは豪華なホテルに着いた。

今夜、宿泊する四つ星ホテルだ。

なんでも、この国でも三つの指に入るほど歴史あるホテルだという。

タクシーがホテルのロータリーに横づけると、すぐさまドアボーイが後部座席のドアを開けてくれた。

翔吾が出たあとに、鈴乃も続く。

「うわぁ……」

ホームページでホテルの外観は確認していたが、こうして目の前にすると圧巻だ。

古き良き時代にタイムスリップしたと錯覚してしまうほどだ。

ドアボーイがトランクからスーツケースを取り出し、荷物を運びましょうかと聞いてくれた。

だが、それを断ってスーツケースを受け取る。

翔吾と二人、肩を並べながらホテルの中へと入っていく。

右の方向にはラウンジが見え、正面にはフロントが見えてきた。

アンティークな家具やソファー、壁やフロア。ラグジュアリーな雰囲気はもちろんなのだが、その中にも穏やかな時間が流れている。

素敵なホテルだ。やっぱり奮発してこのホテルに決めてよかった。

キョロキョロとホテル内を見回していると、チェックインをしようと翔吾が声をかけてきた。

それに同意して頷いたあと、トートバッグを肩にかけ直そうとしたのだが……。

「あぁ！」

フロアに、トートバッグを落としてしまったのだ。

幸いフカフカのカーペットの上だったので、音が響くことはなかった。

でも、あまりのドジさに、情けなくなってくる。

憧れの人を目の前にし、今日は何度こんなかっこ悪いところを見せてしまうのだろうか。

シュンと肩を落としながら、しゃがんでトートバッグを拾おうとする。

中身が少しだけ零れてしまい、それらを拾おうと手を伸ばした。

すると、視界には男らしい大きな手が飛び込んでくる。

え、と驚いて横を向いた瞬間。翔吾の顔が見えた。

それもありえないほど近くに……。そう思ったときには、すでに色々と遅かった。

「っ！」

プニッと柔らかい感触がする。それも、自身の唇に。

唖然としながら目を見開くと、翔吾も同じように驚いた顔をしていた。

時が止まったように感じて、ほんの少しの間だけそのままの状態になる。

もちろん、唇と唇は触れ合ったままだ。

――え？　え？　どういう、こと……？

ビックリしすぎて、思考が止まってしまった。

二人の視線が絡み合う。ハッとして弾かれたように離れると、二人とも尻餅をついてしまった。

そのあとは無言のまま、トートバッグから零れ落ちてしまった荷物をせっせとバッグに詰め込む。

あまりの気まずさに言葉が出てこない。

すると、翔吾が深々と頭を下げてきた。

「悪い。……申し訳なかった」

そんな彼を見て、鈴乃も深々と頭を下げて謝る。

「いえ、杉園さんは謝らないでください。ご厚意で荷物を拾ってくださっただけなので」

何度もペコペコと謝り続けていると、ふいに困惑めいた表情を浮かべる翔吾と目が合う。

お互い我に返り、なんだかおかしくなって同時に吹き出してしまった。

クスクスと笑いながら、「これは事故なんだから」と折り合いをつける。

——もう、ビックリした！

最初こそ、ただ驚きの方が強かった。

しかし、こうして時間が経過していくと胸の鼓動が高まっていくのがわかる。

唇には、まだ彼の熱と感触が残っていた。それを感じるたびに、羞恥心が煽られてどうにかなってしまいそうだ。

とはいえ、今回のことは事故だと折り合いをつけたばかり。

鈴乃が恥ずかしがっていては、また蒸し返してしまい、翔吾に罪悪感を抱かせてしまうはず。

お互い何事もなかったようにした方がいいだろう。

感動の再会だったのに、どうしてこうも次から次に憧れの彼に迷惑をかけるようなことばかり続くのか。泣きたくなる。

ふと横にいる翔吾を見ると、心なしか顔が赤くなっているように感じた。

それを見て再び先程のキスを思い出してしまい、ドキドキして苦しくなる。

平常心、と心の中で呟いていると、ここからは二十メートルほどの距離があるラウンジから声をかけられた。

「何しているの?」

翔吾が「ヤバイ」と驚いた声を発した。

鈴乃の方からだと、翔吾の身体で声をかけてきた人物の姿形は見えない。

だけど、声の質感からして女性に違いないだろう。

もしかして翔吾の彼女なのだろうか。このホテルで待ち合わせをしていた可能性だってある。

なぜだか胸の奥がチリリと焼けるような痛みを感じた。その痛みに驚いていると、その女性は翔吾に近づきながら捲し立ててくる。

「その子、誰なの?」

その声を聞いて、一瞬で血の気が引いていく。

この女性は、鈴乃のことを浮気相手だと勘違いしていないだろうか。

先程の事故的なキスを、彼女は見ていたのかもしれない。

他の女性とキスをするシーンを見せつけられ、彼女としては黙っていられないはずだ。

きちんと説明をした方がいい。慌ててその女性に近づこうとしたのだが、どうしてなのか急に抱きしめられた。

「ウソ⁉　鈴乃よね。そうよね？」

「え？　富貴子先輩？」

「そうよ。富貴子よ。元気にしていた？」

再び思いっきり強くハグされる。それは苦しいほどの抱擁だったが、久しぶりのやりとりに頬は緩む。

彼女は、鈴乃が大学生のときの先輩だ。

あの頃は、こんなふうに富貴子に少々過剰なスキンシップをよくされていたことを思い出す。

鈴乃を抱きしめる行為に満足したのか、ようやくその腕から解放された。

富貴子は両手をギュッと握りしめて嬉しそうにほほ笑んでくる。

「んん？　よくわからないけど……。二人が一緒にいるということは、鈴乃と兄貴は付き合っているってこと？」

先程の事故的なキスについて突っ込まれないということは、彼女からは二人がキスをしてしまったところは見えなかったのだろう。

そのことに安堵しつつも、気になったワードを聞き返す。

「え？　兄貴って……。お二人は兄妹なんですか？」

「そうよ」

そういえば二人とも杉園姓だ。

頷く彼女を見て、驚きを隠しきれない。

だが、すぐに慌てた。どうやら彼女は鈴乃と翔吾が付き合っていると勘違いしている。

それは違うと首を横に振るのだけど、彼女は鈴乃から翔吾に視線を向けた。

「兄貴。私のかわいい後輩と付き合い出したの？」

「富貴子」

苦虫を噛み潰すような表情を浮かべて苦言を呈しようとする翔吾だが、その声をかき消す勢いで捲し立てていく。

「鈴乃を選ぶなんて！　兄貴、女の趣味がいいよ。うんうん」

「あのな、富貴子」

ため息交じりで肩を落とす翔吾を見て、急に富貴子の態度が変わった。

「でも、鈴乃はダメ。兄貴にはもったいない」

急に声のトーンが落ちる。なんとも言えない空気に居たたまれなくなった鈴乃は、富貴子の腕を掴んだ。

「違うんです、富貴子先輩」

「鈴乃？」

厳しい表情のままでいる彼女を見て首を横に振り、必死になって弁解する。

「杉園さんは、私を助けてくださっただけで……。実は、先程お会いしたばかりなんですっ！」

自分で言っていて、なんとも言えない罪悪感に見舞われた。

本当は三年前に会っている。先程、空港で助けてもらったときは二度目の出会いだった。

だけど、翔吾があの出来事を忘れているのに、本当のことは言えない。

覚えていないと知れば、鈴乃に対して申し訳ない気持ちになるはずだ。

彼の困った顔など見たくはない。

それなら事実は隠しておいた方が、心の傷が増えなくて済む。

そんな打算的なことを考えた結果だ。

空港で置き引きに遭ってしまったところを翔吾に助けられたと正直に伝えると、富貴子は目を見開いて驚いたあと翔吾に視線を向ける。

「本当なの？　兄貴」

「ああ。まったく、人の話を聞かないところは子どもの頃から変わらないな」

「面目ない……」

シュンと肩を落として翔吾に謝ったあと、彼女は鈴乃に向き直る。

「ごめんね、鈴乃。早とちりしちゃって」

「いえいえ、大丈夫です」

顔の前で手を何度も振って大丈夫だとアピールすると、富貴子は昔と同じ綺麗な笑みを浮かべた。

「ありがとう、鈴乃。だけど、鈴乃に会えたことは本当に嬉しかったの。本当よ」

「富貴子先輩」

「でも、まさか。うちの兄貴と一緒にいるなんてビックリだわ」

「本当ですね」

世間は狭いということなのか。

しかし、こうして異国の地で巡り会えたのは奇跡に近いのではないだろうか。

今日は、目まぐるしいほど色々な奇跡が起きている。

大学卒業後、海外に出ると言ったきりで、なかなか会えなかった富貴子に再会できた。

その上、憧れを抱いていた翔吾にも再会できたなんて。

極めつけが、そんな二人が兄妹という関係とは。

この奇跡に感謝したくなる。本当に今日はすごい日だ。

嬉しくなって元気よく返事をすると、彼女は再び鈴乃を抱きしめてくる。

だけど、今度は手加減してくれたのだろう。ふんわりとした柔らかい抱擁だ。

富貴子は鈴乃を抱きしめながら、隣に立っている翔吾に声をかける。

「ねぇ、兄貴。夕ご飯、鈴乃も一緒でいいでしょう?」

その言葉を聞いて、慌てて顔を上げた。これ以上、迷惑をかけられない。

こうしてホテルまで送ってもらっただけでも、申し訳ない気持ちでいっぱいだったのだ。

遠慮しようとしたのだが、翔吾の方が反応が早かった。

「ああ」

「よし、決まった。鈴乃、ご飯一緒に食べよう!」

「えっと、あの……」

「戸惑って彼女を止めようとしたのだけど、富貴子は鈴乃を腕の中から解放し、「荷物を持ってくるわ」と先程までいたラウンジに戻っていってしまった。

その場に残された鈴乃は戸惑いの中にいた。

本当に夕飯を一緒にしてもいいのだろうか。慌てて翔吾に目を向けると、彼は小さく笑う。

「強引な妹ですまない、岩下さん」

「い、いえ」

首を横に振ると、彼はラウンジにいる富貴子の姿を見つめる。その表情は、優しい兄の顔をしていた。

「もし、岩下さんさえよければ、付き合ってくれないか？」

「杉園さん？」

どこか陰りが見える表情になったことが気にかかる。

鈴乃の視線に気がついたのだろう。

彼は「アイツには内緒で」と一言前置きをしてきた。

「親に反発してシンガポールに来た手前、意地になっているんだろうな。日本に帰りたくても帰れないらしい。本人はそんなことないって言い張っているけどな」

「富貴子先輩が……」

「ああ。だから、日本にいたときの友人と会えたのが嬉しいんだろう。よかったら、少しだけ付き合ってもらえないだろうか」

そう話す翔吾は本当に優しい目をしていて、魅力が溢れんばかりだ。ドキドキしてしまう。

鈴乃としても本音で言えば、久しぶりに会えた富貴子ともう少し話したい。

それに翔吾とも、短い間だけでいいから一緒に過ごしたいと思ってしまう。

しかし、本当に好意に甘えてもいいものだろうか。

少々不安になりながら、翔吾を見上げる。

「ご迷惑じゃなかったら、ご一緒したいです」

勇気を振り絞って言ってしまった。翔吾と富貴子から誘ってもらったとはいえ、図々しくはないか。

翔吾はああは言っていたが、兄妹水入らずの時間に他人の鈴乃が入り込んでも本当にいいのだろうか。

この場の流れ的に社交辞令で言われただけかもしれない。

そうは思うものの、やっぱり彼らともう少し一緒の時間を過ごしたい。その気持ちの方が勝ってしまった。

遠慮気味な鈴乃を見て、翔吾は右眉を少しだけ上げる。

「こちらから誘ったんだ。迷惑なんかじゃない」

きっぱりと言い切られ、ホッと胸を撫で下ろす。

そういうことなら、喜んで夕飯を一緒にさせてもらいたい。

そう伝えると、彼は「ありがとう」とこれまたドキッとしてしまうほど柔らかい笑みを向けてきた。

胸が躍っていることを目の前の翔吾には伝わってほしくなくて、咄嗟に俯く。

彼に、この真っ赤になってしまった頬が見つかりませんように。そんなふうに願いながらも、浮き立つ自分を抑えられなかった。

3

三人が向かったのは、ホテル内にある多国籍レストランだ。

翔吾は前もって席のリザーブをしていたらしく、すんなりと案内された。

急に一名増えてしまったことを申し訳なく思っていたのだが、「大丈夫、席の予約だけで料理は何も頼んでいないから」と富貴子が教えてくれてホッと胸を撫で下ろす。

予約されていた席は四人がけのテーブルで、眼下には川が見える。

畔はライトアップされていて、水面にその光が反射してキラキラと美しい。

リバーサイドではオープンカフェの店が軒を連ねていて賑やかだ。

「とっても綺麗ですね」

「ええ。私もこの景色が好きだから、兄貴がこっちに来るときはこのレストランで食事がしたいっておねだりするのよ」

ね？　と富貴子は翔吾に視線を送る。

彼は、静かに頷くのみ。

だけど、かわいい妹にそう言われてまんざらでもない様子。やはり兄妹仲がとてもいいみたいだ。

富貴子は翔吾のクールな態度に唇を尖らせ「うちの兄貴、いつもこんなふうにつれないのよねぇ」とふて腐れたあと、鈴乃の方へと身体を向けてくる。

「鈴乃もこのレストランに来たかったって、先程言っていたわよね？」

「はい。ここのチキンライス。雑誌で見たときから食べてみたくて」

「うんうん、ここのチキンライスはめちゃくちゃ美味しいわよ。じゃあ、チキンライスがあるコースにしましょう」

「賛成です！」

と目を輝かせると、富貴子は鈴乃に手を伸ばして頭をクリクリと撫でてきた。

「あぁ、かわいい！　鈴乃は何年経っても、かわいいわよね」

「富貴子先輩、いつもそう言っていますよね」

彼女は本当に鈴乃をかわいがってくれていた。それを思い出してとても懐かしく思うと同時に、今もこうしてかわいがってくれることに嬉しさが込み上げてくる。

富貴子がずっと鈴乃の頭を撫でている間、翔吾が注文を済ませてくれた。

ウエイターがテーブルを離れたあと、彼は富貴子を窘める。

「おい、富貴子。岩下さんに迷惑をかけるんじゃない」

グラスに手を伸ばして水を口に含んだ翔吾に対し、富貴子は不服そうに顔を顰める。

「だって、鈴乃とこうして会うのは久しぶりなんだもの」

彼女が言う通りで、顔を合わせて話すなんて何年ぶりだろう。

大学時代を思い出し、懐かしくなる。鈴乃も、こくこくと頷く。

二人がじゃれ合っている様子を見て、翔吾は肩を竦めた。

でも、彼の表情は安堵と優しさに満ちている。そんな気がした。

富貴子はソムリエを呼んで白ワインを頼むと、翔吾に声をかける。

「兄貴はどうする?」

「俺はこれでいい」

そう言いながら水が入ったグラスを持った。

「了解。じゃあ女子チームは遠慮なく飲ませてもらいまーす」

グラスに白ワインが注がれたあと、富貴子は鈴乃に視線を向けてくる。

「鈴乃、乾杯しよう!」

はい、と頷くと白ワインが入ったグラスを少し上げてほほ笑み合う。

「では、色々な奇跡に乾杯!」

富貴子が嬉しそうに言ったあと、三人でグラスを掲げた。

その間にも料理はどんどん運ばれてくる。念願のチキンライスの登場に思わず目を輝かせてしまう。

ボリュームたっぷりの大皿から小皿に取り分け、一口食べる。

お肉がとても柔らかくて、ご飯にはチキンのうまみがよく染み込んでいる。絶品だ。

美味しい！　と頬に手を当てて酔いしれていると、二人からの視線を感じる。

「え？　口の周りにご飯がついてしまっています？」

口元をナフキンで拭き取ろうとすると、富貴子は「違うわよ」と豪快に笑った。

「鈴乃は相変わらずいい顔をしてご飯を食べるなぁと思って」

「……食いしん坊なんです」

揶揄（からか）われたことがわかり、頬を赤らめる。

そんな鈴乃を見て「本当、鈴乃は変わらない！　かわいい！」と富貴子は上機嫌でワインを飲む。

ふと、翔吾の方を向くと、なぜか勢いよく顔をそらされてしまう。何か気に障るようなことをしてしまったのだろうか。

しょんぼりしてしまいそうになると、富貴子は肩を震わせて笑い出す。

鈴乃の様子を逐一見ていたようだ。

「大丈夫、別に鈴乃を見て機嫌が悪くなった訳じゃないから。むしろ、逆よ。逆」

「富貴子！」

翔吾の鋭い声が飛んでくる。だが、どこか迫力がなく感じた。

二人を交互に見つめながら不思議に思っていると、富貴子はニシシと意地の悪い笑みを浮かべる。

「鈴乃を見て、めちゃくちゃかわいいなって思っていただけだもんね？」

ニヤニヤと笑いながら翔吾に対して挑発する。そんな彼女を翔吾はギロリと睨み付けた。

鈴乃が原因で兄妹喧嘩が勃発したらどうしようと心配していると、翔吾は開き直ったようにスープを口に運んだあとクールな様子で言う。

「否定はしない。どこかの誰かさんとは違って、岩下さんは大人としての振る舞いができるからな」

「うるさいわね！　わかっているわよっ。鈴乃はね、こんなふうにかわいらしく見えても私よりしっかりしている子ですからね」

兄妹で言い合いをしている様はほほ笑ましい。

信頼関係があるからこそ、悪態をついていられるのだろう。そんな空気感はこちらにもしっかりと伝わってくる。

しかし、その内容が問題だ。鈴乃を褒めちぎることばかりを言い合っているのだから。

ジワジワと頬が熱くなっていく。恥ずかしさに耐えきれなくなっていると、携帯電話の着信音が聞こえてくる。

どうやら翔吾の携帯に電話がかかってきたようだ。

彼は慌てた様子でナフキンを置いて立つ。

「悪い、ちょっと席をはずす」

彼の後ろ姿を見送っていると、富貴子がグラスを手にして鈴乃に声をかけてくる。

「鈴乃、うちの兄貴に恋しちゃった？」

自分では制御できないほど身体中が熱くなっていく。

いきなりとんでもない質問をぶつけられ、飛び上がらんばかりに驚いてしまった。

富貴子にも、鈴乃が動揺していることが伝わったのだろう。

彼女は肩を小刻みに震わせながら笑っている。

「富貴子先輩、揶揄わないでくださいっ！」

戸惑っていることをごまかすようにグラスに手を伸ばし、それを一気に飲み干す。

ふぅ、とアルコール混じりの吐息を出しながら、彼女が言ったことは図星かもしれないと思う。

三年前のあの日から、翔吾に対して憧れの気持ちをずっと抱いていた。それは確かだ。

だが、こうして突然の再会を果たし、それもピンチのときに颯爽と現れて助けてくれた。

そんな彼に対して、感情が揺さぶられてしまうのは当然かもしれない。

異性として彼を意識し始めている自分に戸惑う一方、この気持ちは蓋をしておく方がいいだろうと冷静に考える自分もいる。

翔吾との接点など、この夜を過ぎてしまえばなくなってしまうのだから。

ツキンと胸の奥が痛み、富貴子の何か物言いたげな視線に居心地の悪さを感じた。

富貴子は持っていたグラスをテーブルに置くと、どこか真剣な眼差しで鈴乃に視線を向けてくる。

「うちの兄貴って見た目がいいでしょ？　パイロットっていう人気が高い職業についているしね」

「そう、ですね」

富貴子が何を言わんとしているのかわからず、訝しげに思いながらも相づちを打つ。それを見て彼女は同意を得たと思ったのだろう。小さく頷いたあとに、ため息交じりで続ける。

「だけどさ、苦労が絶えなくてね……」

「え？」

驚いて富貴子に視線で問いかけると、彼女は意味深な笑みを浮かべた。

「あれでも苦労人ってこと」

彼ほどのハイスペックになると、モテすぎて大変なのだろう。それは、なんとなく想像がつく。

翔吾の妹である富貴子が、こんなふうに言うぐらいだ。

翔吾が気の毒な目に遭っているのを目撃しているからこその言葉なのだろう。

モテることが苦労に繋がっていると端(はた)から言われるほどなんて。彼に対して同情の気持ちが湧(わ)き上がってくる。

神妙な面持ちでいると、富貴子は身を乗り出してきた。

真剣な面持ちだ。そんな彼女の表情を見てドキッとしていると、強い口調で言い募ってくる。

「鈴乃、いいこと？　ちゃんと聞いてね」

「富貴子先輩？」

「兄貴はオススメできないよ」

きっぱりと言い切った富貴子に物言わせぬ強い視線を向けられ、息を呑む。

何も言えずにいると、彼女は淡々とした口調で言う。

「兄貴のこと、家族として信頼しているし頼りになる人だけど。これだけは言っておくわね」

鈴乃に言い聞かせるように、彼女は何度も念押しをしてくる。

「兄貴は女に冷たいし、幸せにはできない男だから」

「え？」

そういう事態になったことがあると遠回しに言われているように感じた。

どういう意味なのだろうか。

それを聞きたくても、聞けない雰囲気がある。

口を噤む鈴乃に、富貴子は注意勧告をしてきた。

「いいわね、約束して鈴乃」

「富貴子先輩」

そう言われてしまったが、時すでに遅い気がする。

三年前から彼の魅力に嵌まってしまっていると言ったら、富貴子はどんなふうに思うだろうか。

——とても言えない……。

胸中で気持ちを吐露しながらも、富貴子の言うことはもっともなのだろうと理解もする。

あれだけ素敵な大人の男性なのだから、彼の周りには女性が常にいるだろう。それぐらいは容易に想像できる。

だからこそ、そんな相手を好きになったら苦労するし、いずれ後悔もする。

彼女の労る気持ちが伝わってくる。鈴乃を心配して、言ってくれているのだ。

鈴乃は、すでに芽生え始めてしまっていた感情を呑み込んだ。

「は、はい……」

ぎこちなく頷くと、富貴子はようやくホッとしたようで表情を和らげた。

ああ、安心した。そう呟く声には、富貴子の感情が滲んでいる。

彼女はソムリエに手を上げてワインを注文し、それをグッと勢いよく飲み干した。

「かわいい後輩が辛い思いをするのは見ていられないしね」

「先輩」

「男なんて、本当訳がわからない生き物だからさ」

独り言のように言う富貴子だったが、翔吾が戻ってきたためにその話は中断される。

本当はどうしてそこまで心配するのか。その理由を聞いてみたかった。

だけど、聞き返すタイミングを逃してしまい、胸の奥にモヤモヤしたものだけが残る。

――ダメだよ、鈴乃。

富貴子の話に興味を持ってしまうのは、翔吾のことが気になっている証拠だ。

今夜限りの縁になるはず。それなのにずっと想いを寄せ続けたくはない。

こっそりと小さく首を横に振ったあと、何事もなかったように振る舞い美味しい料理の数々に舌つづみを打った。


「富貴子先輩、大丈夫ですか？」

「ふふふー、鈴乃ぉ？　大丈夫よぉ」

「酔っちゃいましたよね？　気分は大丈夫ですか？」

「酔ってなんていないわょぉ～。私はいつも通り、正常でーすぅ」

呂律が回っていない。これは完全に酔っ払ってしまったようだ。

なんとかレストランの外へと出てきてフロアにあるソファーに腰掛けさせたのだが、コテンと横になってすでに寝る体勢に入りつつある。

あのあと、富貴子は翔吾が止めたのにも拘らず、何杯もワインを空けてしまったのだ。

困ったなぁと見下ろしていると、会計を済ませた翔吾がやってきた。

「あの、杉園さん。ごちそう様でした」

「いや、こちらこそ富貴子に付き合ってくれてありがとう」

自分の分は自分で出すと食事が終わったときに申し出たのだが、それを翔吾に却下されてしまったのだ。

「君を誘ったのは、こちら側だ」と言われてしまい、富貴子の勧めもあってごちそうになることになってしまった。

翔吾は、すでに夢の中に入りつつある富貴子を見て大きくため息をつく。

「本当、うちの妹が申し訳なかった。今回の謝罪には食事代だけでは足りないぐらいだな」

「いえ、とんでもないです。久しぶりの兄妹水入らずのときにお邪魔してしまって」

恐縮していると、彼は綺麗な笑みを浮かべて首を横に振る。

「いや、本当に助かったんだ。どうやって慰めようか悩んでいたから」

「杉園さん……」

先程富貴子が話していた件のことだろう。鈴乃は視線を落とす。

富貴子は笑いながら話してくれたが、内容はとても悲しいものだった。

先日、彼女は婚約者に振られてしまったというのだ。

原因は、富貴子が実家と絶縁していることがバレたから。

なんでも富貴子の父は会社経営をしているようで、元婚約者は実家の財産めあてで富貴子に近づいたようなのだ。

酷い話なのに無理して笑う富貴子を見て、胸が押し潰されそうだったことを思い出す。

何も言えないでいる鈴乃に、翔吾は悲しげな目を向けてくる。

「かなり落ち込んでいたみたいだったんだが、君に会えていい気分転換ができたんじゃないかな」

「そうだといいんですけど……」

いつも明るくて豪快な富貴子。そんな彼女が悲しみを抱いていたなんて……。

そういえばと思い出す。翔吾について言及したときに言っていた、最後に呟いた言葉——男なんて、本当訳がわからない生き物だから。

その言葉には翔吾に対しての警告だけでなく、男性全般への忠告も含まれていたのだろう。

「君に会えて本当に楽しそうだったから。ホッとした」

「杉園さん」

「ありがとう」

そう言うと彼は富貴子をおんぶして立ち上がり、彼女が足下に置いていたバッグに視線を向ける。

「岩下さん、申し訳ない。バッグを取ってもらえないだろうか」

「は、はい」

しゃがみ込んでバッグを手にしたあと、彼を見上げる。

「私がバッグを持ちます。先輩をおんぶしながらバッグを持つのは大変でしょう？」

それなりに大きめなバッグだ。富貴子をおんぶしながら持つのは難しい。

「いや、さすがにこれ以上は——」

翔吾が鈴乃の申し出を断ろうとすると、富貴子が「鈴乃ともう少し一緒にいるぅー！」と言いながらポコポコと翔吾の背中を叩き出した。

「お、おい。富貴子、危ないだろう」

注意をしたのだが、彼女はすっかり酔っ払いと化してしまったようだ。

話が通じない。鈴乃はそんな彼女の腕に手を置き、宥めるようにポンポンと優しく触れた。

「先輩、私はここにいますよ。一緒に部屋まで行きます」

そう言うと、富貴子は安心したように静かになった。

その様子を見て、翔吾は「荒ぶった虎を手懐けている調教師みたいだな」などと真面目な顔をして言うので笑ってしまう。

「実は大学生の頃、先輩の介抱は私がしていたんです。なんだか懐かしいです」

同じサークルには他にも人はいたのだけど、なぜだか富貴子は鈴乃にそばにいてほしいと甘えてくることが多かった。

他の人の言うことはなかなか聞かないのに、鈴乃の言うことだけは大人しく聞いていたことを思い出す。

だから、必然的に富貴子が酔い潰れたときの介抱は鈴乃に回ってくることが多かった。

懐かしいです、と笑いながら言うと、「重ね重ね、妹がすまなかった」と彼は恐縮する。

「いえ、そんな。謝ってほしい訳じゃなくて……。私は嬉しかったんです」

「え？」

「いつも先輩には頼りっぱなしだったので。頼ってもらえることがすごく嬉しかったんです」

当時を思い出し、懐かしさに頬が緩む。先輩の背中をトントンと宥めるように触れる。

ふと翔吾を見ると、彼はこちらを見つめていた。

どうしましたか、そんな気持ちで彼を見返すと、なぜか弾かれたように視線をそらす。

「じゃあ、すまないが荷物を頼んでもいいか？」

「もちろんです」

ゆっくりとした足取りでエレベーターに乗り込み、翔吾がリザーブしていた部屋へと向かう。

ドアの前に辿り着き、富貴子を下ろそうとして翔吾が声をかけたが返事がない。

彼は申し訳なさそうに、鈴乃に頼んできた。

「岩下さん、すまないがジャケットのポケットにカードキーが入っているから取ってもらえないだろうか」

「あ、はい。わかりました」

失礼します、と声をかけたあと、ポケットに手を入れる。

カードキーを取り出し、それをドアのセンサーにかざした。

ピピッという電子音のあと、ドアを開けて彼らを部屋の中へと促す。

「ありがとう。ああ、そこの部屋のドアも開けてくれないか」

「ここですか?」

ここはランクの高い部屋なのだろう。パッと見ただけでも、いくつか扉がある。

翔吾に言われた部屋のドアを開けると、そこにはダブルベッドがあった。

「こうなることは目に見えていたから、2ベッドスイートを頼んでおいたが……。予感的中だな」

お酒の好きな富貴子のことだ。こうなる事態を前もって予測していたのだろう。

翔吾は富貴子を背中から下ろし、ベッドに寝かせた。

平和そうに寝返りを打つ彼女を見たあと、翔吾と顔を合わせて息を吐き出す。

「本当に人騒がせなヤツだな」

彼は呆れた様子で言うが、富貴子を見つめる目はとても優しい。

二人をほほ笑ましく思っていると、先程までスヤスヤと寝ていたはずの富貴子が急に起き上がった。

翔吾と一緒にビックリしていると、彼女は寝ぼけ眼でこちらを見つめてくる。

「兄貴ぃ～、スパークリングウォーター飲みたいよぉ」

「普通の水で我慢しておけ」

備え付けのミネラルウォーターがテーブルの上には用意されている。

翔吾がそれに手を伸ばそうとすると、酔っ払いは駄々をこね始めた。

「ちーがーうー！　スパークリングウォーターがいいのぉぉぉ」

富貴子はゴロンゴロンとベッドを転がって、どうしてもスパークリングウォーターがいいと主張を続ける。

ルームサービスを頼もうとしたが、ラインナップには富貴子が欲しがっている銘柄のものはなかった。

なぜか泣き出す富貴子を見て、翔吾は盛大にため息を零した。

「はいはい、わかった。外のコンビニ行ってくるから、少し待っていろ」

「はーい！」

手を上げて返事をする彼女はご機嫌だ。

その様子を見て、翔吾は再び深く息を吐き出す。

コテンとベッドに寝転がる富貴子を見たあと、彼はこちらに向き直る。

「岩下さん。部屋まで送っていくよ」

「いえ、大丈夫です。一人で帰れ――」

帰れますと遠慮しようとしたのだが、富貴子の声でかき消されてしまった。

「鈴乃～！　下着の換えも欲しいなぁ～」

翔吾はそんな富貴子の声を聞き、呆れ返ったように肩を落とした。

「岩下さんに迷惑かけるな！」

「だってぇ。着替えないんだもーん。よろしくお願いします」

富貴子は再び起き上がると、丁寧に正座をして鈴乃に向かって頭を下げた。

これはかなり酔っ払っているだろう。しらふになったあと、今夜のこの惨事を話したとしても彼女は忘れているはず。

苦笑いを浮かべながらベッドに近づき、富貴子に声をかけた。

「了解です。先輩はゆっくり休んでいてくださいね」

「恩に着る～。鈴乃ぉ、愛してるー！」

「わっ！」

「明日の朝ご飯、一緒に食べようねー！」

「いいですよ」

「絶対だからねー！」

富貴子が急に顔を上げたと思ったらギュッと力強く抱きしめられてしまい、彼女と一緒にベッドに寝転がってしまった。

驚いて富貴子を見ると、スゥスゥと気持ちよさそうな寝息を立てている。どうやら眠ってしまったようだ。

クスクスと笑ってベッドから起き上がると、翔吾がばつが悪そうな顔で頭を下げてきた。

「本当に申し訳ない、岩下さん」

「いえいえ、大丈夫ですよ」

「そう言ってもらえると助かる……」

ベッドに寝そべっている富貴子を疲れた様子で見たあと、翔吾は申し訳なさそうな表情を浮かべる。

「とりあえず、君を部屋の前まで送るから」

「でも、コンビニに行かないと」

ホテル近くにあるコンビニに、下着類も売っているはずだ。女性モノの下着なので、翔吾では少々買いにくいだろうし、サイズなどもわからないだろう。

そう告げると、彼はますます申し訳なさそうに頭を抱える。

そして、恐縮した様子でチラッと鈴乃に視線を向けた。

「……申し訳ないが、お願いできるだろうか？」

「はい！　もちろんです」

大きく頷いたのだが、翔吾は未だに鈴乃に対して低姿勢だ。そんな彼に苦笑いを浮かべる。

「今日のお礼をさせてくださいい、杉園さん」

「え？」

「空港で置き引き犯から荷物を取り返して助けてくださいましたし、先程もレストランでお食事をごちそうしていただきましたから」

コンビニに付き合う程度でお礼になるとは思えないが、こう言わないと彼はいつまで経っても鈴乃に後ろめたい気持ちでいるはずだ。

発言の意図に気がついたのだろう。彼は柔らかい笑みを浮かべた。

「ありがとう、岩下さん」

「い、いえ！　えっと、そうだ。コンビニに行きましょう！」

咄嗟に視線をそらしてしまう。

美形な人の笑みは、どうしてこうも心臓に悪いのだろうか。

挙動不審になっている自分に気がつきながらも、ドキドキと速まった鼓動はなかなか元に戻ってはくれない。

翔吾は鈴乃を見て変に思わないだろうか。それが心配だ。

部屋を出てエレベーターに乗り込み、一階ロビーまで降りる。

先程富貴子がいたラウンジを通りすぎながら足を進めてホテルを出る。

すると、すぐ近くにコンビニを見つけた。

翔吾がレジカゴを手にしたあと一緒に店内に入り、まずはドリンクコーナーへ。

翔吾は冷蔵庫の扉を開き、一本のペットボトルを手にする。

そして、こちらにそのペットボトルを見せてきた。

「スパークリングウォーターか……。これかな？」

「あ、はい。先輩、いつもその銘柄のモノを飲んでいました」

声が上ずってしまった。急に話しかけられて、テンパってしまう。

変な子だと思われていないだろうか。

そんな心配をしながら彼を横目で見る。

「じゃあ、とりあえず二本買っていくか」

独り言のように呟きながら、彼はレジカゴにペットボトルを入れた。

どうやら挙動不審になっていた鈴乃には気がつかなかったようだ。よかった。

ホッと胸を撫で下ろしながらも、今のこの状況が未だに現実味がなくて緊張してしまう。

——本当に、あのときの副操縦士さんなんだ……。

残念ながら彼は鈴乃を覚えてはいなかったが、鈴乃はずっと忘れられずにいたのだ。

もう二度と会うことも、まして話すことなんて叶わない。そう思っていたのに……。

こうして肩を並べて買い物をしている。そんな現実が夢のように思えて仕方がない。

買い物を終えれば、彼は鈴乃を部屋の前まで送ってくれるのだろう。

そして「では、また」なんて社交辞令のような挨拶をして去っていくのだ。

またなんて機会は今後訪れないのに。

寂しさを抱えながらも、それが普通なのだと自分に言い聞かせる。

富貴子のサイズを思い浮かべながら下着をカゴに入れてレジへと進む。

会計を済ませたあと、二人並んで先程来た道を戻っていく。

翔吾の部屋に戻ると、富貴子は規則正しい寝息を立ててすっかり寝入っていた。

顔も赤くなく、呼吸も整っている。

ふと、ベッドのそばにあるテーブルを見ると、ミネラルウォーターのペットボトルが一本空になっていた。

翔吾たちが戻ってくるのを待ちきれなかったのだろう。

気持ちよさそうに寝入っている富貴子を見て、翔吾は盛大にため息をついた。

「まったく、人に買い出しに行かせておいて」

「フフッ」

眠っている富貴子に悪態をついた翔吾だったが、彼女はすっかり夢の中だ。

小言は彼女の耳には届いていないだろう。

ふぅ、ともう一度息を吐き出したあと、翔吾は買ってきたペットボトルを冷蔵庫にしまった。

「富貴子は大丈夫そうだし、岩下さんを部屋まで送っていく」

冷蔵庫の扉を閉めながら、彼はそう言ってくれた。

だが、同じホテル内だ。一人でも部屋に戻ることができる。

そう主張したのだけど、彼は反論を認めないといった感じでスタスタと部屋を出ていこうとする。

そんな彼のあとに続いて部屋を出て、エレベーターホールへと向かうことになった。

もう少しだけ彼と話していたい。

でも、そんな願いを口にできるはずもなく、刻々と別れの時間が迫ってきている。

鈴乃の願いが少しだけ天に届いたのか。なかなかエレベーターがやってこない。

無言のまま、お互いが目の前にあるエレベーターの扉を見つめていると、背後からいきなり声をかけられた。

『あら、素敵な鞄ね』

驚いて振り返ると、そこには仲が良さそうな老年の夫婦がニコニコと笑みを浮かべて立っていた。

声をかけてきたのは夫人のようで、彼女の目は鈴乃が持っていたトートバッグに釘付けのようだ。

着物の生地だが、外国の人から見たらエキゾチックな柄に見えるのだろう。

祖母の着物が大好きで、こうしてバッグに仕立て直した鈴乃としては褒められて嬉しくなる。

『ありがとうございます。えっと……』

嬉しい気持ちを英語で伝えたかったのだが、英語が苦手で言葉が出てこない。

そんな鈴乃を見かねたのだろう。翔吾が通訳をしてくれると申し出てくれた。ありがたい。

彼にお礼を言ったあと、通訳をお願いした。

「着物の生地で作ったんです」

彼が英語で伝えると、夫人は興味深そうに問いかけてくる。

『貴女が作ったの？』

『はい』

照れながら伝えると、その夫人は目を丸くさせる。

大好きだった祖母の形見の品で作ったと伝えると『素敵ね。お祖母様もお喜びになっているわ』と上品な口調で言った。

嬉しさに高揚していると、彼女の夫がにこやかな様子で話に入ってくる。

『君たちは旅行で来たのかい？』

『いえ、私は仕事で。彼女は――』

翔吾がそう言ってこちらに話を振ってきた。

彼に頷いたあと、男性と目を合わせる。

「私は友人の結婚式で来たんです」

翔吾が訳して夫人たちに伝えてくれると、夫人は驚いた様子で聞いてきた。

『貴女たちは恋人ではないの？』

その言葉はすぐに理解できて、首を横に振る。

『ち、違いますよ』

まさかこのご夫妻にそんなふうに見られていたとは。

慌てて否定すると、なぜか彼女らは顔を見合わせたあと、どこか期待を込めた様子で『知っている？』と聞いてきた。

『このホテルにあるジンクスよ』

「ジンクス……ですか？」

翔吾が訳してくれたのだが、夫人の言葉に首を傾げる。

初めてこのホテルに宿泊する鈴乃は当然そんな話を聞いたことはない。

チラリと横にいる翔吾に視線を向けた。

彼は仕事でシンガポールにやってくることは多々あるはず。彼なら知っているかもしれない。

そんなふうに思ったのだが、彼は首を横に振る。どうやら彼も知らないらしい。

目を合わせて不思議がっていると、その夫妻は温かいしゃべり口調で接してくる。

『出会ったばかりの男女がこのホテルでキスをすると、恋に落ちて結ばれるなんてロマンティックなジンクスがあるのよ。知っていたかしら？』

夫人の言葉に翔吾は驚いている様子だ。不思議に思って彼を見ると、すぐに教えてくれた。

初耳だ。それは翔吾にも同じことが言えるようで、驚いている様子だ。

――でも、待って？　このご夫妻、私たちがそのジンクスにあやかると思っているってこと？

その考えに行き着いたとき、耳まで熱くなってしまった。

すでに私たちはこのホテルでキスをしてしまっている。

事故だとはいえ、唇と唇が重なったことは事実だ。

ただ、それをキスとカウントできるかどうかは神のみぞ知るだろうけど。

でも、それは三年前の出会いをノーカウントとすればだけれども。

彼女らが言うジンクス通りのことをすでにしている今、本当に恋に落ちて結ばれるのだろうか。

——本当に、本当？

そんなことありえないと思いながらも、心の奥では現実に起きるかもしれないと想像してドキドキしてしまう。

こんなふうに言われてしまったら、意識してしまいそうだ。

夫人と視線が合い、恥ずかしさのあまり目を泳がせてしまう。

そんな鈴乃を見て、彼女はほほ笑ましいと言わんばかりににこにこしている。

それがわかり、ますます居たたまれなくなった。

だが、彼女は鈴乃が恥ずかしがっているのを見て『かわいいわね！』と高揚している様子だ。

夫人は、手を胸の前で組んで夢見がちな乙女のような表情をした。そして鈴乃に言い聞かすように、諭すように言う。

『その上、とびっきりのロマンスもあるの！　離ればなれになってしまっても、再び出会うことができるんですって』

翔吾は少し照れくさそうな仕草をしながら彼女の言葉を伝えてくれたが、思わず声を上げてしまう。

「え？」

ハッとして顔を上げて彼女を見る。

視線が合うと、彼女はなんでもお見通しとばかりにパチッとウィンクをしてきた。年の功とでも言うのだろうか。彼女たちには、若く未熟な鈴乃の想いなど手に取るようにわかるのだろう。

頬を真っ赤にさせた鈴乃に近寄り、英語が不得手な鈴乃にもわかるようにゆっくりと簡単な英語で夫人は囁いてくる。

『気がつかないだけで、運命なんていっぱい転がっているのよ？』

それだけ言うと、彼女は夫の腕に手を回した。

『引き留めて悪かったわね。よい夜を』

そう言って翔吾と鈴乃に手を振ったあと、彼女たちは部屋へ戻っていった。

二人で彼女らの背中を見送っていると、タイミングを見計らったようにエレベーターの扉がようやく開く。

無言のままに乗り込んだのだが、エレベーター内は誰も人が乗っていなかった。二人きりだ。

ゆっくりと扉が閉まる間、二人の間に言葉はなかった。

外部からシャットアウトされ、ようやく翔吾が声をかけてくる。

「岩下さんの部屋は何階？」

「えっと、四階です」

我に返って返答すると、彼は四階のボタンを押した。

ゆっくりとエレベーターは下降していく。

その間、二人の間には静寂が漂っていた。

先程の夫婦が言っていた言葉が今も脳裏を占めていて、どうしたって意識をしてしまって彼の方を向くことができない。

何かに期待してソワソワしている自分に気がつき、胸を押さえてこっそりと息を吐き出す。

元々憧れを抱き、もう一度会いたいと願っていた人だ。その人が鈴乃のピンチを何度も救ってくれた。

――キスしちゃったし……。

突発的かつ事故的なものだったとはいえ、今も彼の唇の柔らかさを思い出してしまう。

あの夫婦が言っていたジンクスが本当にあるのだとしたら、もう伏線は引かれたのではないだろうか。

そんな期待めいたことを考えたあと、すぐに落胆する。

ジンクスや奇跡なんて、そんなに簡単に起こるはずがない。

高揚しかけた気持ちにブレーキをかける。勘違いしていては、あとで傷つくのは自分自身だ。そう言い聞かせる。

翔吾はこんなに容姿端麗なのだから、かなりモテるはずだ。

三年前だって、CAに口説かれていたところを見ているのだから間違いない。

そういえば、と思い出す。先程レストランで食事をしているとき、翔吾が電話で席を立ったのだが、そのときに富貴子が言っていた言葉を頭の中で反芻する。

憧れているからといって、これ以上気持ちを彼に向けてはいけない。

自身を叱咤しながらも、心の奥では奇跡が起こらないかなと願っている自分もいた。

ゆっくりとエレベーターは動きを止める。四階に着いたのだろう。

扉が開き、彼は『OPEN』のボタンを押し続けてくれ「どうぞ」と先に鈴乃を下ろしてくれる。

ありがとうございます、とお礼を言ってエレベーターを降りながら、やっぱりジンクスなんてものは現実にない、夢物語なのだと落胆した。

彼との別れは、もうすぐそこだ。翔吾がエレベーターから降りるのを待つために立ち止まる。

なんとなくジンクスの話を聞いてから、彼との間に会話はない。

それは鈴乃が意識しているというのも理由の一つだと思う。

だが、きっと翔吾も思うところがあるはずだ。

夫婦からジンクスの話を聞き、それを鵜呑みにした鈴乃からアプローチされないか。

それを警戒しているのだとしたら……？　考えただけで泣きそうだ。

心の中で「大丈夫です。身の程は弁えていますから」と何度も呟く。

彼と素敵な恋に落ちるはずがない。そもそも、彼は鈴乃を選んではくれないだろう。

悲しみと切なさでいっぱいの頭は、身体のコントロールがうまくできない。

それともワインの酔いが今頃やってきたのか。

足がフラついたとき、翔吾のたくましい腕が支えてくれた。

その瞬間、あのキスを思い出してしまう。

身体と心は今も彼の唇に囚われている。そんな気がした。

「スミマセン……」

「いや、大丈夫か？　富貴子に付き合わされて、ワインを飲みすぎたか？」

これ以上、彼の体温を感じていたら変な気分になってしまう。

慌てて翔吾から離れて、大丈夫だとアピールする。

彼はまだ心配そうにしていたが、それに気がつかないフリをした。

翔吾は一見クールに見えるが、優しい人だ。そういうギャップが堪らなく女心をくすぐるのだろう。

富貴子が言っていたのは、こういうところなのかもしれない。

翔吾は、無意識に優しさを出してくる。そこに女性は惹かれていく。

だが、本人にはまったく下心などなく、ただ助けただけ。そういう認識でいる。

翔吾にその気がなかったとしても、女性の方は熱を上げてしまう。

自分に気があるのではないかと誤解が生まれるのだ。

そこで双方の熱量の差に、女性は傷ついてしまう。そういうことが多々あると富貴子は言いたかったのだ。

なんだか悲しくなってきた。翔吾に恋をした女性たちは、きっと鈴乃と同じ気持ちを抱いていたに違いない。

先程の夫婦のように、素敵な恋愛を経て年を一緒に重ねる。

そんなふうにできる人というのは、世界中にどれほどいるのだろうか。

翔吾の足が止まる。部屋の目の前までやってきてしまった。

もう少し、彼と一緒にいたい。

そう思いながらも言えない自分は、きっと大事なときに勇気を振り絞れない人間なのだろう。

落胆しながらカードキーをセンサーにかざす。ピッという音と共に、ランプが緑色に光った。

ドアを押し、部屋の中へと入って長身の翔吾を見上げる。

彼の冷静沈着な表情を見て、ガッカリしてしまう。一緒にいたいと思っているのは、鈴乃だけのようだ。

寂しい気持ちを押し殺し、彼に精一杯の笑顔を向けた。

これが最後になるのなら、やっぱり笑ってさよならしたい。

「今日は、本当にありがとうございました」

頭を下げると、翔吾は目元を和らげて小さく頷く。

「こちらこそ、妹の相手をしてくれてありがとう。助かった」

そんなことはない。久しぶりに富貴子に会えて嬉しかったのはこちらの方だ。

だけど、もうこれ以上は言葉にできなかった。なんだか泣きそうになっていたからだ。

もう少し一緒にいたいという気持ちとは裏腹に、早く隠れないと泣き顔を見せてしまう。そんな焦りがあった。

では、と笑顔で別れを告げる。だけど、頬は引きつっていたから最高の笑顔とはいかなかった。それが悔しい。

ドアが閉まっていく。だんだんと彼の姿が見えなくなって、ギュッと胸が鷲掴みにされたように痛む。

その痛みから逃れようと、部屋の奥へと入ろうとした。

しかし、スーツケースを置いていたことをすっかり忘れていて躓(つまず)いてしまう。

「うわぁっ!」

思わず大声で叫んでしまった。転びそうになる寸前、ガシッと腕を掴まれる。

ドアが閉まる瞬間に鈴乃が転ける様子が見えたのだろう。

翔吾が部屋に入ってきて、倒れそうになった鈴乃を助けてくれたのだ。

「……岩下さん」

「はい」

翔吾の声色で、彼が何を言いたいのか即座に理解する。

とにかく気をつけろ。そう言いたいのだろう。

彼が言いたくなるのもわかる。この数時間にどれほど彼に助けられたことか。

小さく縮こまっていると、頭上から盛大なため息の音が聞こえる。

やっぱり呆れられてしまったようだ。

それも仕方がない。これだけかっこ悪いところを見せてしまっているのだ。ため息をつきたくなるのも当たり前だろう。

別れ際ぐらいスマートにしたかった。羞恥で顔を真っ赤にさせながら、今ならすごい勢いで穴を掘って入れる自信があるなどと考えて現実逃避をする。

「ほら、岩下さん。大丈夫か？　やっぱりワインを飲みすぎてしまったのかもしれないな」

彼は鈴乃の腰を抱いたまま部屋の奥へと入ってくると、ベッドに座らせてくれた。

「足を挫（くじ）いたりはしていないか？　ケガはないか？」

「はい、杉園さんが助けてくださったので……」

「そうか」

ホッと安堵した様子の彼にぺこりと頭を下げる。

「ありがとうございます。あの……本当に大丈夫ですから」

これ以上迷惑をかける訳にはいかない。そう思って彼に声をかけるのだけど、聞く耳を持ってくれない。

彼は鈴乃の声を無視して、甲斐甲斐しく世話をしだす。

冷蔵庫からペットボトルを取り出し、それをグラスに注ぐ。そのグラスを持たされ、

「水分はしっかりと取った方がいい」と注意される。

戸惑う鈴乃を、彼はジッと見つめてきた。

きちんと水を飲んだか、どうか。確認するつもりなのだろう。

彼の強い眼差しを一身に浴びて、ドキドキしてきてしまう。

ぐいっと水を飲み干し、ふぅと一息つく。その様子をずっと見つめていた翔吾は、ようやく安堵したようだ。

カウチソファーに腰をかけ、息を吐き出した。

そして、何やら小さな声で呟く。

「本当、危なっかしくて見ていられない」

「え？」

何を言ったのか聞き返そうとすると、彼は再び早口で何かを言う。

「守りたくなるじゃないか」

やっぱり何を言っているのか、聞き取れなかった。

「杉園さん？」

呼びかけると、彼はようやく我に返ったように顔を上げる。そして、「なんでもない」と素っ気ない口調で言う。

そのあとはなぜか沈黙が落ちて、部屋の中は静寂に包まれた。

このままでは彼は帰ってしまう。

もう少しだけ、一緒にいたい。そう思えるほど、鈴乃は今日一日で彼への恋心を本物にしてしまったようだ。

ジリジリとした焦る気持ちのまま、口から飛び出した言葉は脳裏にずっとあったジンクスのことだった。

「素敵なご夫妻でしたね」

「あ、ああ……あの夫妻か」

「はい。私、男性とお付き合いしたことがないので……憧れてしまいます」

自分で何を言っているのだろうと焦る。

恋愛に不慣れなことを伝えたら、大人な彼のことだ。鈴乃を面倒くさいと思ってしまうかもしれない。

だけど、自分のことを知ってほしかった。その欲の方が上回る。

「一度でいいから、情熱的な恋をしてみたいです」

主語はあえて隠して言った。彼との最後の夜、夢を語るぐらい許されるはずだ。

今、鈴乃にできるのは、ここまで。これでも勇気を振り絞ったつもりだ。

言えたことに満足していると、彼はぽつりと呟く。

「わかるな。俺も恋愛がしたい」

「え？」

まさかそんな返事が来るとは思っておらず、声を上げてしまう。

そんな鈴乃を見て、彼は可笑しそうに吹き出す。

「そんなに驚くことか？」

「だ、だって……」

彼は恋多き男に違いない。そう思っていた。

富貴子だって、そんなニュアンスなことを言っていたのだから現在進行形で恋愛をしているとばかり思っていたのに。

――もしかして、とっかえひっかえしていて女性に不自由はしていないけど、本気の恋はしていないってことなのかな？

　そんなことを考えていたのだが、顔に書いてあったのだろう。翔吾は、こちらを軽く睨んでくる。

「今、失礼なことを考えていなかったか？」

「へ!?」

　声が上ずってしまう。肯定してしまったのも同然だ。

　慌てる鈴乃を見て、翔吾は乾いた笑いを零す。

「やっぱりな。言っておくが、ここ数年誰とも付き合っていない。仕事以外で女性と二人きりでいることなんて最近ではない。岩下さんとが久しぶりだ」

　本当だろうか。そんなふうに考えたが、すぐに改める。彼の表情に陰りが見えたからだ。

　何か悩みがあり、問題を抱えているのだろうか。

　女性にモテるが故、人知れず恋愛に臆病になっているのかもしれない。

　そんな心配をしていると、彼はいつの間にか鈴乃を熱い目で見つめていた。

　真剣なその眼差しは、彼の胸中を表しているようだ。

「俺も情熱的な恋がしたい」

「杉園さん？」

トクン、トクン――。

胸の鼓動が少しずつ速まっていく。彼から目がそらせない。

今、何が起きているのか。これは夢なのか、それとも現実なのか。

それを確かめるのが怖い。これが夢だったら、悲しくて切なくて堪らなくなるから。

息を呑んで、彼の唇を見つめた。

すると、あの柔らかい唇が鈴乃を誘惑してくる。

「あのご夫婦に聞いたジンクス」

「え？」

「試してみないか？」

先程水を飲んだはずなのに、今は喉がカラカラになっていた。

掠(かす)れた声で問うと、彼は鈴乃に熱が籠もった視線を送ってくる。

「出会ったばかりの男女がこのホテルでキスをすると、恋に落ちて結ばれる。離ればなれになったとしても、再び出会うことができる。……そんなジンクスが本当なのか。試してみないか？」

心臓が破裂しそうなほどにドキドキしている。

口では疑問を投げていても、頭と心の中では期待がどんどんと膨らんでいく。

顔が赤らんで、身体も熱を持ち始めた。

そんな自分の身体の変化に気がつきながら翔吾を見つめる。

「あのキスだけじゃ、ジンクスが叶うかどうかわからないだろう?」

ジンクスの話を老夫婦から聞いたとき、鈴乃は事故的なあのキスのことを思い出していた。

もしかしたら、翔吾も同じだったのかもしれない。

出会ったばかりの男女が、このホテルでキスをすると恋に落ちて結ばれる。

そう聞いたとき、彼も鈴乃と同じように願ったのだろうか。ジンクスにあやかってみたい、と。

翔吾でなければ、こんな誘いにはノーを突きつけているだろう。

だけど、鈴乃は彼の誘いを拒めない。それは――彼と恋に落ちて結ばれたい。そう願ったから。

鈴乃は、自然な流れで頷く。

「試してみたい……です」

一瞬だけ、富貴子の忠告が脳裏を過ったが、それに知らぬフリをして彼の誘いを受け入れていた。

4

「試してみたい……です」

彼女からの了承をもらい一瞬唖然としてたが心が浮き立ってしまう。しかし、同時に危うさも感じた。

今日初めて出会った男にそんな簡単に心を許していいのか、と。

彼女が他の男に同じような返事をしたのならば、全力で阻止する。

だが、彼女が答えたのは翔吾だ。

今は承諾の言葉をもらった嬉しさの方が勝っている。もう止められない。

「キス以上のことを望んでもいいか？」

ダメだと拒否されたら、今なら引き返すことができる。

そう彼女に伝えると、「はい」と小さな声で、だけどしっかりと頷いた。

言質はとった。もう引き返さない。

「鈴乃って呼んでもいいか？」

ベッドに座る彼女の隣に腰を下ろす。そして、ベッドについている彼女の手の上から重ねるように自身の手のひらを合わせた。

鈴乃の身体は、一瞬ビクッと震える。事を急ぎすぎたかと顔をのぞくと、彼女は頬を真っ赤にしていた。

「はい……杉園さん」

消えそうなほどか弱い声で返事をして、恥ずかしそうに視線を落とす。

そういう初々しい様子がまた、翔吾の琴線に触れてきた。かわいい。

思わず頬が緩んでしまう。

キュッと彼女の手を握りしめると、身の置き場がないと言わんばかりの愛らしい表情を向けてきた。堪らない。

ジンクスなんて口実だ。彼女が欲しくて堪らない。それが本音だ。

こんな感情は今までに抱いたことがなくて困惑が先立つが、それでもこのチャンスを逃したくないと思う自分がいるのは確かだ。

空港で彼女を助けたときから、妙に心がざわつく自分に気がついていた。

危なっかしくて、放っておけない、庇護欲をそそられる存在。

だが、彼女の魅力はそれだけではない。

純粋さ故の正義感があり、心の強さを感じられる。

そして、どんな行動もかわいらしく見えて仕方がない。気が緩めば、ずっと彼女の頭を撫でてしまうほど。

クルクルと表情が変わるのもいいし、声も小柄な容姿も翔吾の好きなタイプど真ん中だ。

だけど、それだけではない。本能的に彼女が気になって仕方がないのだ。

これが俗に言う、一目惚れというやつなのだろうか。

彼女に触れるたび、彼女のことを知るたびに心が高揚する。

鈴乃を一目見たときから、何か言葉では表せないほどの感情が湧き上がっていた。

彼女を逃してはいけない。そう本能で嗅ぎ分けたような、不思議な気持ちになるのだ。

自分がそんな感情を抱くなんて信じられない。それほど、恋や愛とは無縁だったからだ。

結婚に興味はなかったし、恋愛に関しても特別したいと願ったことはない。

ただ、本当に愛せる女性がどこかにいるのならば、恋をしてみたいと思ってはいた。

しかし、実際はそんな機会は訪れぬまま、この年齢になってしまった。

半ば諦めていたと言ってもいいだろう。

そんな翔吾が今、心のままに突き進もうとしている。それが不思議でもあり、嬉しくもある。

自分にも恋愛をしたいという欲求がまだ残っていたようだ。

だが、脳裏に富貴子の顔が過る。一瞬にして現実に引き戻された。

鈴乃は富貴子の後輩だ。しかも、翔吾とは年齢が離れている。

生半可な気持ちで手を出していい相手ではないことは重々承知しているが、理性は保ちそうにはない。

かわいい。自分の女にしたい。そんな感情ばかりが湧き上がってきて抑えられない。

「鈴乃……」

彼女の両肩に触れ、そして——ゆっくりと身体をベッドに沈ませた。

見下ろしながら覆い被さると、大きくて綺麗な彼女の目と視線が合う。

潤む瞳はキラキラしていて、まさに純真そのものといった感じだ。

獰猛(どうもう)な気持ちが込み上げてくる。こんな気持ちになるのも初めてだ。そのことに驚きが隠せない。

「鈴乃」

もう一度彼女の名前を呼び、真っ赤に染まっている頬に触れる。

くすぐったいのか。彼女は緊張していた頬を少しだけ緩めた。

――かわいくて、仕方がないのだが。

先程から脳裏では馬鹿の一つ覚えのように「かわいい」という単語しか出てこない。すっかり鈴乃に骨抜きにされてしまったようだ。

あの老夫婦が言っていたジンクスが本当なのか、嘘なのか。それは信じる者が決めることなのだろう。

――俺は信じたい。

彼女とこの地で出会ったのは運命である。そう胸を張って言いたい。

このキスが、鈴乃との縁を結んでくれる。永遠に――。

彼女の頬に触れていた親指で、ソッと優しく頬を撫でる。すると、鈴乃は柔らかい眼差しをこちらに向けてきた。

ドクンと心臓が高鳴り、下腹部に熱が集まる。今まではかわいらしいだけだったのに、艶美な要素まで加わった。

セクシーで大人な雰囲気を纏った彼女を見て、気持ちを抑えられない。

初めてな彼女のために、理性をなんとか呼び戻す。冷静に、慎重に。そんなことを考えながらも、とにかく鈴乃を大事にしたかった。

ゆっくりと距離を縮めていくと、鈴乃はギュッと固く目を閉じる。

緊張しているのだろう。身体までカチコチだ。この初々しさがやはりかわいいし、ますます大事にしたいと思う。

彼女の緊張をほぐすように、まずは額にキスを落とす。すると、鈴乃は目をパチッと見開いた。

唇を奪われると思っていたのだろう。当てがはずれたように、目を丸くしている。

そんな愛らしい目元に、キスを落とす。

次は肩を竦めて驚く彼女の頬に、一つキスをした。キスに慣れてもらうのが先決だ。

「かわいいな」

耳元でそう囁くと、彼女の耳は真っ赤になる。そんなかわいらしい反応をした耳にも、チュッとキスをした。

反応一つ一つが、本当にかわいらしくて困ってしまう。

彼女が翔吾に触れられることに少しずつ慣れていくのを肌で感じ取り、その赤く熟れている唇に吸い付いた。

もちろん優しく、ゆっくりと。彼女が怯えないように必死になる。

重ねるだけのキスを何度か繰り返していく。キスをするたびに、彼女の目がトロンと蕩けていくのがわかった。

「鈴乃、もっとキスをするから」

彼女の了承を得る前に、彼女の唇に舌を這わせる。唇を舐める感触が気持ちよかったのか。鈴乃は甘く吐息を零した。

唇が少しだけ警戒を解いたのを見計らって、舌を彼女の口内へと忍ばせる。

怯えて震える彼女の舌を見つけ出し、絡みつかせていく。

最初こそ驚いた様子の彼女だったが、次第に大人なキスに慣れてきたのだろう。甘い嬌声(きょうせい)を上げた。

一度唇を離すと名残惜しいと言わんばかりの視線を向けてくる。

その表情が誰にも見せたくないほどかわいらしく、理性を保てるのも時間の問題かもと苦笑したくなった。

再び覆い被さり、彼女の首筋に吸い付く。赤い跡を残してしまいたいと思ったが、すんでのところで思いとどまる。

彼女は明日、友人の結婚式に出席すると言っていた。それなのに人目につくような場所にキスマークがあってはかわいそうだ。

甘噛みをするにとどめながらも、チュッと何度もキスを繰り返す。

だが何度もキスをしていると、高揚した気持ちが抑えられなくなってくる。情欲の跡を残すことができなくても、彼女の心に自分の存在を刻みつけてしまいたかった。

「ぁ……んっ」

甘い啼き声を聞いて、自身の身体が熱くなっていく。

ますます彼女の声に甘さが含まれたのがわかって優越感を覚える。

優しく頭を撫でながら、ギュッとその小さな身体を抱きしめた。

すっぽりと腕の中に収まるほど小さく、愛おしさが込み上げてくる。

彼女も翔吾の背中に腕を回してきて、ギュッと抱きついてきた。

そんな彼女が愛らしくて堪らなくなる。

二人の体温が混じり合って温かい。幸せな気持ちになってくる。

こうして抱き合うだけで気持ちがいい。それだけ鈴乃とは相性がいいということなのだろうか。

翔吾の胸に顔を埋める彼女がかわいくて頭を撫で続けていたのだが、次第に鈴乃の反応がなくなってきた。

え、と驚いて鈴乃を腕の中から解放して身体を起こすと、小さな寝息が聞こえてくる。どうやら眠ってしまったようだ。

心と身体は鈴乃を欲していたのに中断されて残念な気持ちはあるが、起こしてしまってはかわいそうだ。ソッと布団をかけた。

異国の地に来て早々置き引きに遭ったことなどもあり、感情の起伏が大きかったため疲れていたはず。

その上、富貴子に付き合ってワインのグラスを空けてもいたから、酔いもあったのだろう。

翔吾の体温に包まれて身体が暖まり、眠り込んでしまったようだ。

「緊張もしていたんだろうな……」

男とキスだってしたことがなかったかもしれない。それなのに、勢いだけで翔吾が彼女の何もかもを奪おうとしていた。

彼女のように純朴な女性は、きちんと段階を踏んで恋愛をするべきだろう。そう思ったら、急に冷静になる。

翔吾は彼女に対して、恋愛的な感情を持っているのは間違いない。

だが、鈴乃はどうだろうか。雰囲気に流されてしまっただけかもしれない。

老夫婦からジンクスの話を聞いて、おとぎ話のような夢を見ていた可能性だって拭えないだろう。

彼女のためには、このまま事が進まなかったのはよかったのかもしれない。一過性の熱病みたいなもの。恋愛に憧れを持つ若い彼女なら、今夜の出来事はまさにそれだったのかもしれないのだ。

手を出さなくてよかったのだろう。そう自分に言い聞かせながらも、翔吾の気持ちは燻(くすぶ)るばかりだ。

しかし、勢いだけで始めるのではなく、鈴乃にはきちんとした段階を踏んでの恋愛をしてほしい。

その相手が自分だったらいいのに。そんなふうに願ってしまう自分は、一体どうしてしまったのか。

明日、彼女と朝食を取る約束をしている。そのときに、果たして鈴乃は今夜と同じ気持ちを抱いて翔吾の前に現れてくれるだろうか。

もし、彼女の気持ちが変わらなかったとしたら、そのときは……。

「ジンクス……本当だったらいいのにな」

あの老夫婦が言っていたことが本当ならば、彼女との縁はこれで切れないはずだ。甘くて蕩けそうになるほどのキスを、何度も何度もこのホテルの一室でしたのだから。

「おやすみ、鈴乃」

これが最後のキスにならないといい。そんな気持ちを込めながら、寝息を立てるそのかわいらしい唇にキスをした。

＊　＊　＊　＊

「杉園さんっ！」

喉の渇きを覚えて目を開くと、一気に昨夜の出来事が頭の中に流れ込んできた。

慌てて身体を起こして部屋の中を見回す。

翔吾が宿泊しているスイートルームとは違い、ごく一般的なセミダブルの部屋だ。ベッドを降りて確認するまでもなく、この部屋には鈴乃一人だけだった。

「私……。あのまま寝ちゃったんだ」

落胆した声が静かな部屋に落ちる。小さく息を吐き出したあと、サイドテーブルにある時計を見た。

朝五時半。外はうっすらと明るくなってくる時間だろうか。

誰もいないことがわかり、ゆっくりと自分の唇に指を沿わせる。

昨夜の熱がまだ唇に残っている気がして、ドキドキと心臓が高鳴った。

ホテルのロビーでしてしまった事故的なキスをカウントしないとすれば、昨夜この部屋でした翔吾とのキスが鈴乃のファーストキスだ。

彼の唇は、確かに鈴乃を求めていた。唇に始まり、おでこに頬、そして耳元や首筋。あちこちに彼の名残があるように感じて、一気に身体が熱くなる。

誰も見ていないというのに、恥ずかしくなってきた。顔を手で覆い、身悶えてしまう。

「優しかったな……」

大人の余裕が感じられ、身を委ねることに躊躇も戸惑いもなかった。

大きな腕で抱きしめられたとき、彼の熱が伝わってきてなぜか安堵したことは今も覚えている。

優しく頭を撫でてくれ、それだけで嬉しくなった。

彼の匂い、体温、優しさ。それらに包み込まれたとき、その温かさが気持ちよくなってしまいフッと意識が遠のいて……。

「で、寝ちゃったってことだよね……」

顔を覆っていた手をはずし、恐る恐る掛け布団の中を見る。

昨夜着ていた服のままだ。衣服に乱れはまったくない。やはり、キスをして抱き合っているときに寝てしまったようだ。

昨夜は富貴子に付き合ってワインを空けたので、その酔いが気がつかないうちに回っていたのだろう。

それに海外という見知らぬ土地にやってきたことで、多少なりとも緊張もしていて疲れていたのかもしれない。

だけど、寝落ちしてしまうなんて……。まるで子どものようだ。翔吾に呆れられてしまったかもしれない。

大人の色気と余裕がある、彼のことだ。昨夜のことぐらいでは、なんとも思っていないだろう。

きっと鈴乃一人だけが、昨夜を思い出しては赤面しているのだ。それがなんとなく悔しく感じる。

ベッドから降りて、バスルームへと向かう。昨夜は化粧を取ることもせずに眠ってしまった。早く綺麗さっぱり流してしまいたい。

ついでに昨夜の痴態ばかりを繰り返す思考をリセットしたかった。

熱いお湯で身体を清めたあとも、どうしても唇に視線がいってしまう。

当然のごとく、翔吾からされたキスを思い出して顔を赤らめてしまうのだけど。

誰も見ていないというのに、どうしても居たたまれなくなって手で顔を覆う。

顔を天井に向け、声にならない叫び声を上げていると、携帯から着信音が聞こえた。

携帯を確認すると、メールが一通届いている。相手は富貴子だ。

朝食を一緒に食べたいと昨夜言っていたが、そのことについてだろうか。

でも、かなり酔っ払っていたので、昨夜のことなど忘れているかもしれない。

そんなことを考えつつメールを開くと、『今から会えないかな』という誘いのメールだった。

現在、朝の六時。ホテルの朝食会場はまだ開いていないはずだ。

不思議に思いながらも『大丈夫です』と返信を送る。

すぐさま富貴子から『ロビーで待っている』というメールが届き、それにOKのメールを送ってロビーへと降りていく。

まだ朝早い。閑散としたロビーの片隅に富貴子の姿が見えた。しかし、ソファーに座り込んでいて調子が悪そうだ。

「おはようございます、富貴子先輩。……やっぱり二日酔いになっちゃいましたか?」

「おはよう、鈴乃。うん、本当に面目ない。鈴乃に会えて嬉しくてさ。テンションが上がっちゃった」

ペコリと頭を下げる富貴子に気にしないでいいと伝えると、「相変わらず鈴乃は、いい子ね」と彼女は困ったようにほほ笑んだ。

二日酔いで調子が悪いから元気がないのかと思ったが、どうやらそれだけではなさそうだ。

少しの沈黙のあと、富貴子の何か奥歯にものが挟まっているような、歯切れの悪い様子が気にかかる。

どうしたのかと聞こうとすると、彼女は鈴乃をギュッと力強く抱きしめてきた。

「え？　どうしたんですか？　先輩？」

ますます様子がおかしい彼女を心配すると、富貴子は鈴乃の耳元で小さく呟く。

「鈴乃、ダメだからね」

「え？」

厳しい口調で言われ、身体が硬直する。それほど富貴子の声には反論を許さないといった揺るぎない気持ちが込められていたからだ。

鈴乃を抱きしめていた腕を解いて両肩に手を置き、富貴子は険しい視線を送ってくる。

だが同時に鈴乃を心配しているのが痛いほど伝わってきた。

「兄貴はオススメしない。そう言ったよね？」

「富貴子先輩」

ドクンと心臓がイヤな音を立てた。おそらく、富貴子は気がついている。鈴乃が翔吾に対して抱いている感情や気持ちに。

何も言えないでいると、彼女は念押しのようにもう一度言う。

「ダメよ、鈴乃。絶対にダメ」

「富貴子先輩」

鈴乃の両手を包み込むように握りしめ、彼女は諭してくる。

なんだか泣き出してしまいそうな富貴子を見て、何も言えなくなってしまった。

「鈴乃なら、絶対にもっといい男との出会いがある。だから、忘れなさい」

「先輩」

「兄貴はダメ。女の人を幸せにはできないから。恋愛に向いていないの」

やはり富貴子は、鈴乃の気持ちに気がついてしまっているようだ。

翔吾に対して、甘酸っぱい気持ちを抱いていることを。

それに、富貴子は実兄である翔吾について、恋愛に関しての何かを知っているのだろう。

だからこそ、こうして鈴乃を必死に諭してくるのだ。鈴乃が悲しい思いをしないように。

彼女の優しい気持ちが嬉しいが、ヒリヒリと胸の奥が痛くなった。

この恋に、そして彼への想いに蓋をしなければならない現実に切なさが込み上げる。

これ以上、富貴子の目を見続けることができなくて力なく俯く。

そんな鈴乃の手を彼女は優しく労るように撫でてくる。その優しさが身に染みてきて、嬉しいはずなのに辛かった。

この恋に未来はない。富貴子はそう伝えたいのだろう。

わずかな希望が藻屑となって消えていく。少しの可能性に賭けてみたい。そんなふうに思っていた自分が滑稽に感じられた。

これからどれほど彼への気持ちを募らせていったとしても、報われない。それを突きつけられてしまったのだから。

彼女がこれだけ心配しているということは、語ることができない〝何か〟が翔吾にはあるということなのだろう。

諦めたくないと思いながらも、心がぺしゃんこになっていくのがわかる。

キュッと唇を噛みしめたあと、表情を無理矢理和らげてから顔を上げた。

心配そうに鈴乃をのぞき込んでいた富貴子と視線が合う。この優しい人に、これ以上心配をかけてはいけない。

柔らかくほほ笑んで、富貴子を見つめた。

「大丈夫です、先輩。心配しないでくださいね」

「鈴乃。ごめん」

恋の芽を摘むような行為をしている。そのことに、彼女は罪悪感を抱いているのだろう。

だけど、後輩想いの彼女のことだ。悲恋となることが目に見えているのに、黙ってはいられなかったのだろう。

それは鈴乃をかわいがってくれているからだ。そんな彼女の想いがヒシヒシと伝わってくる。

だからこそ、今は大丈夫なフリをしなければならない。

「もう！　そんなふうに謝らないでください。杉園さんがかっこよくて見惚れてしまったのは本当ですけど。恋に発展してないんですから、大丈夫ですよ」

「鈴乃……」

「もうやだなぁ、先輩ったら。さすがに身の程は弁えていますし、高望みなんてしませんよ」

「そうじゃないの、鈴乃。兄貴に鈴乃はもったいないぐらいなの。鈴乃はいい子だから、あんな女心もわからない男に捕まってほしくないだけなの！」

何度も謝ってくる彼女を見て、苦笑する。本当に優しい先輩だ。鈴乃のことを考えて胸を痛めているのが伝わってくる。

自分が男性に裏切られて傷ついて苦しんだからこそ、鈴乃には恋が破れる悲しみを負わせたくはない。そう思ったのだろう。

翔吾は恋愛に対し、そして女性に対して誠実にはなれない。それがわかっているからこそ、富貴子はこれだけ必死になっているのだ。

でも、鈴乃から見た翔吾はとても誠実だった。富貴子が言う彼の人格像とはかけ離れているように思えるのだが……。

しかし、あまりに必死になっている富貴子を見て心配をかけてはいけないと思った鈴乃は、彼女に向けてほほ笑む。

「もう、杉園さんとはお会いすることはないと思うので大丈夫です。朝食も私は遠慮して、一本早めのバスで結婚式会場に向かいますね」

きちんと笑えているだろうか。目の前の富貴子がとても心配そうな顔をしているのを見ると、無理しているのがバレバレなのかもしれない。

困ったなぁと思いながらも、一つだけ富貴子にお願いすることにした。

これで、すべて終わりにした方がいい。

「杉園さんに言付けをお願いしてもいいですか？」

「うん、いいわよ」

快く承諾してくれた彼女にお礼を言ったあと、彼への伝言を伝える。

「私はジンクスを信じています。そうお伝えください」

それを聞いた富貴子はなんのことだかわからないようで不思議そうだ。

「ねぇ、鈴乃。それってどういうことなの？　ジンクスって何？」

詳しい内容はとても言えない。だけど、翔吾にはどうしても伝えておきたかったのだ。

富貴子はこれだけ反対してくるけれど、歩き出してしまった恋心はすぐには消えない。

だからこそ、ほんのちょっぴりの希望を込めて言葉に託した。

彼の記憶の中に、鈴乃という存在を少しだけでも刻みたかったからだ。

三年前に鈴乃と出会っていたことを、翔吾は忘れてしまっていた。その意趣返しでもある。

自分だけが覚えていることが、ちょっぴり悔しかったからだ。

彼からしたら、色々な女性に声をかけられ続けているだろうから、覚えているなんて難しいのだろうけど。

心の中で苦笑したあと、何度も自分に言い聞かせた。

——大丈夫。昨日までの自分に戻れるよ。

富貴子に頼んで翔吾に言付けを頼んだが、内心諦めてもいる。

彼には「ジンクスを信じています」と言付けたが、めったなことでは叶わないものだ。

昨夜のことは、失恋の思い出として胸の奥底にしまい込んだ方がいい。

憧れていた人と再会できた上、色々とお話ができた。ファーストキスを彼とすることができたのだ。

これ以上を望んではいけない。自分が苦しむことになる。

そう思いながらも、ほんの少しの可能性に賭けてみたいとも思ってしまう。

――思うだけならいいよね？

芽生えてしまった恋の落とし所としては、これがベターだろう。

何度も言付けの意味を聞いてくる富貴子に笑ってごまかし続け、彼女が日本に帰国した際にはまた会おうと約束をして別れる。

そのあとは翔吾に見つからないように部屋に戻り、身支度を済ませると荷物をまとめてホテルを出た。

5

「では、よろしくお願いします」

オフィスで副操縦士とブリーフィングを終え、機体に向かう。

現在、現地時間で十七時を過ぎたところ。これから副操縦士と二手に分かれ、搭乗前点検を行うことになっている。

飛行機に向かいながら脳裏に浮かぶのは、二日前にこのシンガポールの地で出会った鈴乃の顔だ。

土曜、日曜にあった出来事を思い出しながら足を進める。

老夫婦に聞いた、ヒストリカルなホテルのジンクス。それを実証したいと言って口説いた、あの夜。

鈴乃とは情熱的で甘いキスを何度も交わした。一目惚れは、きっとこんな感じで恋が始まっていくのだろう。

自身の中で高ぶっていく感情を抑えきれなかった。

このまま……彼女のすべてを奪ってしまいたい。そんな欲望を抱き、彼女をベッドに押し倒したのだけど……。

たくさん飲んだワインの酔いと疲れのためだろう。彼女はかわいらしい寝息を立てて寝てしまった。

だが、そこでようやく我に返り、自己嫌悪に陥ることになる。

何もかもが初めてだという彼女には、段階を踏んだ恋が似合う。それなのに、自分の欲望をぶつけようとしてしまったことを悔いた。

最初からやり直したい。彼女がしらふのときに口説いて、交際を始めたい。

翌日の朝食を一緒に取ろうと約束していたので、そのときにでも連絡先を教えてほしいとお願いしてみよう。そう思って彼女の部屋を去ったのだけど……。

次の日の朝。鈴乃と顔を合わせることができなかった。

翔吾が起きたときには、すでにホテルをチェックアウトしてしまったらしい。そのことを富貴子から聞いたときは愕然（がくぜん）としてしまった。

鈴乃は早朝に富貴子に別れを告げたあと、すぐに結婚式会場へと向かってしまったというのだ。

どうして昨夜のうちに連絡先を聞かなかったのかと、後悔をする。

翔吾に何も言わずに去ったのは彼女なりの答えだったのだろうと思い至り、ますます落ち込んでしまう。

昨夜は、酔っていたからこそ大胆になってしまった。忘れてほしい。忘れたい。そんな彼女の答えなのだ。

自分一人だけが恋に発展するのではないかと気持ちを高揚させていたのか。恥ずかしさと同時に切なさを感じる。

恋愛に現(うつつ)を抜かすなんて、今までの人生に一度としてあっただろうか。

鈴乃と出会って、見たことがない自分を知った気がしていた。

しかし、あっけない恋の終わりを迎えてしまったことで不完全燃焼な思いを抱く。

だが、簡単に忘れられるとは思えず、やりきれない感情だけがあとに残る。

富貴子に悟られないようポーカーフェイスを装い、「そうか」と呟いて彼女が去ってしまったことに対してクールな態度を取った。

そんな自分は負け惜しみをしているように思えて、なんとも惨(みじ)めになる。

うまく感情を隠すことができたのだろう。富貴子は盛大なため息をついて悪態をついてきた。

「兄貴って、本当に女に対して冷たいわよねぇ」と言いながら呆れている。

富貴子が翔吾の女性関係について軽蔑しているのは知っていた。だが、それも仕方がないと諦めている。

彼女がここまで言うのは、以前婚約者を結婚間近で切り捨てたからだろう。

本当のことを言えば、切り捨てたように見せたというのが正しいかもしれない。

二年前、家業を継ぐ覚悟をしてくれた弟、雅典のため、翔吾が政略結婚をする決意をしたことがある。

本来なら長男である翔吾が実家を継ぐはずだった。

しかし、パイロットになりたかった翔吾は親の反対を撥ねつけパイロットの道を選び、大もめしたことがある。

昔から飛行機が大好きだった。父が買ってくれた模型を肌身離さず、寝るときもずっとそばに置いておいたほど。

そんな飛行機好きな翔吾は、パイロットをしていた叔父に会うたびに仕事の話をせがんだ。

聞けば聞くほどパイロットという仕事に魅力を感じて、将来は絶対にパイロットになりたいと強く願うようになるのだが……。

翔吾が高校生のとき、叔父が病気で亡くなってしまう。彼は常々『パイロットになった翔吾が見たい。操縦する飛行機に乗りたい』と言っていた。

憧れていた叔父の願いを叶えたい。そして、自分の夢を叶えたい。その想いは日ごと増していった。

しかし、杉園家の長男である自分には家を継ぐ義務があることも重々承知していて……。

夢か、それとも家か。そんな板挟みな思いを抱えて苦しんでいた。

親となかなか折り合いがつかずにいた翔吾を見て、翔吾に助け船を出してくれたのは、弟である雅典だ。

あのときに、雅典が「家を継いでもいい」と言ってくれたおかげで今の自分がいる。

いつか恩返しをしたい。そう思っていたところに降って湧いたのが、辻間家との政略結婚の話だ。

当時、弟には好きな女性がいることを知っていた。だからこそ、翔吾が名乗りを上げたのだ。自分がその縁談を受ける、と。

結婚に夢は持っていなかった。それどころか恋愛事に関してもどこか投げやりで諦めていたところがある。

パイロットの仕事に夢中だったというのも理由の一つだが、容姿やステータスだけで近寄ってくる女性たちに嫌気が差していたというのも大きい。

そんな自分だからこそ、政略という初対面同士での恋愛感情を持たない結婚でもなんとかなるのではないかと思ったのだ。

もちろん結婚するからには、相手の女性を家族として大事にするつもりではいた。自分ができる限りのことをしていきたい。そう思っていたのは確かだ。

辻間家の長女、美保との縁談話は進み、結婚式の日時が決まり始めた頃。悲壮な表情をした彼女からお願いをされたのだ。

「翔吾さんの方から破談にしていただけませんか？」と。

見合いをしたあと、どうやら好きな男ができてしまったらしいのだ。

契約不履行と言えばその通りではあるのだが、翔吾にも少なからず原因はある。

パイロットという職業のため、日本を空けがちになっていた。

そのため、婚約者である美保と会う機会はさほど取ることができず、ほったらかし状態だと言われても何も言い返せない状況だった。

彼女が他の男との縁を取りたくなるのも、仕方がないだろう。

美保も翔吾もお互い好き合って結婚を決めた訳ではない。家同士の繋がりのためだけにしようとしていた結婚だ。

美保の方から断るという形にしたらどうかと聞いたのだが、それは無理だと彼女は泣き出してしまったのだ。

この結婚に乗り気だったのは、辻間家の方だった。辻間家は、この結婚に今後の会社の未来をかけていたからだ。

娘が破談にしたいと言っても聞いてくれないだろう。

となれば、翔吾から破談を持ちかけた方がうまく話が流れるはず。

美保への罪滅ぼしはこれぐらいしかないと思い、彼女の願いを叶えることにした。

「俺はやっぱり仕事にだけ集中していたい。結婚はしたくない」と言って政略結婚を破談に持ち込んだ。

事の真相を知っているのは、弟の雅典だけ。

美保が破談を持ちかけてきた理由は、両親に話していない。もちろん、富貴子にも伝えてはいない。

当時は、両親と富貴子に散々詰(なじ)られたが、端から見ればなんて冷たい男だろうと思うはずだから。

未だに富貴子からは「女の敵」認定をされていて、この件に関しては当たりが強いのだが……。

——まぁ、確かに恋とか愛に関しては希薄だと言われても反論できないけどな。

いずれ永遠の愛になるのではないか。そんな希望を持って女性と付き合ったこともある。

でも、どれも長続きすることなく別れを告げられるばかりだった。

パイロットという家を長期間空ける仕事についていて、なかなか相手と会う時間がとれなかったのも理由の一つだ。

しかし、それ以前に相手を深く愛することができなかったというのが一番の理由かもしれない。

何度か繰り返すうちに、自分は恋愛体質ではないと諦めた。

そんなときに、美保との政略結婚の話が持ち上がり……。やはり自分は結婚はおろか、恋愛をするべきではない。その気持ちはより強いものになった。

富貴子の言う通り。翔吾は女性に対して冷たいのだと思う。

今まで出会った女性に対して、ずっと一緒にいたいと思ったことがないのだから。

だが、そんな自分が唯一未練を感じた女性が鈴乃だ。

冷静沈着なそぶりを見せていたのだが、富貴子が伝えてきた彼女からの伝言を聞いて思考が一瞬止まり頭の中が真っ白になった。

それを見て、富貴子は自分の話を聞いていないのだと勘違いしたようだ。腰に手を当ててむくれた顔をする。

「もう、兄貴！　話を聞いていなかったでしょ!?」

プリプリと怒りながら、もう一度鈴乃からの伝言を言った。

「私はジンクスを信じています、だって」

それを聞いて、一度は地の底まで落ちていた気持ちが浮上してくる。

彼女もジンクスが本当になってほしいと願っているのか。翔吾との再会を希望している。そう伝えてくれたのだろう。

明らかに反応を示した翔吾を見て、富貴子は怪訝な表情を浮かべる。

「鈴乃の伝言の意味は全然わからないけど。どんな理由だとしても、鈴乃の連絡先は教えないから」

「富貴子」

翔吾の様子を見て、鈴乃を諦めないと勘づいたのだろう。

厳しい口調でノーを突きつけてくる。

「兄貴には絶対に教えない。鈴乃は、めちゃくちゃいい子なの。政略結婚だとはいえ、一人の女性を幸せにできない、それも酷く傷つけて捨てた男になんて鈴乃を渡したくない」

そこまで言われてしまったら、もう何も言えなくなってしまった。

だからと言って美保の件について話す訳にはいかないし、過去の女性との付き合いが長く続かなかったのは真実だから言い訳もできない。

違う伝手を使って、鈴乃を探し出すしかないだろう。

口元に指を添え、考え込む仕草をする。

そんなことを心の中で考えていると、富貴子が意地悪く鼻を鳴らした。

「ふーん、今までに見たことがない反応しているじゃない、兄貴」

何も言わずにいる翔吾を見て、どこか面白がっている様子を見せてくる。

「もし縁があれば、再び会えることもあるんじゃない？」

その意味深な言葉と態度に眉を顰めると、富貴子はニマニマと笑い出す。

「思いも寄らぬところに、探し物はあるっていうわよ？　なーんてね」

「はぁ？」

「兄思いの妹が、少しだけ助言してあげただけよ」

クスクスと楽しげに笑うのだが、その理由を何度も問うても富貴子の口からは答えを聞くことができなかった。

――一体、あれはどういう意味だったんだろうか。

富貴子のあの思わせぶりな口調が未だに引っかかっている。

だが、あの調子では彼女の口からその理由も、そして鈴乃の連絡先も引き出すことは不可能だろう。

やはり他の伝手を探した方がよさそうだ。

鈴乃と富貴子は同じ大学だったということはわかっている。それなら、その関係者を洗い出していった方がいいだろう。

うまく鈴乃を探し出せる可能性は未知数だ。でも、彼女に会いたい気持ちは変わらない。

もう一度鈴乃に会ったら、彼女はどんな表情を向けてくれるのだろう。

できることならば、嬉しそうにほほ笑んでほしい。それが願望で終わらないように行動に移すべきだ。

ゲート付近までやってきた。プライベートを考えるのは、ここまでだ。

ネクタイをキュッと締め直し、気を引き締めて機内へと入っていった。

＊　＊　＊　＊　＊

会議室でのミーティングが終了して総務課のオフィスへと戻る途中、ふと足を止めて窓の外を見る。眼下には中庭が見えた。

照り返しが強く、ジリジリとした太陽の熱に景色が歪んで見えそうだ。

外気とは遮断された空間であるビル内には聞こえないが、蝉の鳴き声がひっきりなしに響いているのだろう。

七月中旬、気がつけばシンガポールから帰国して十日が過ぎた。

あの旅でのことは綺麗さっぱり忘れたいと思っているのに、残念ながら鈴乃の脳裏からは消えてくれず鮮やかに残っている。

意識的に忘れようとしているのに、ふとしたときに翔吾の顔が思い出されてしまう。

こうなってくると、お手上げ状態だ。鈴乃の意思とは別のところで記憶を残そうとしている自身に白旗を振りたくなる。

誰もいないことをいいことに、鈴乃の唇から零れ落ちたのはあの日の後悔だ。

「私ったら……。なんて大胆なことをしちゃったんだろう」

何度この台詞を吐き出したか思い出せないほど、同じことを繰り返している。

そんな自分に気がつき、重たい息を吐き出しながら頭を抱えた。

翔吾とシンガポールの地で再会をし、気持ちが高揚していたのは確かだ。

それも正義のヒーローみたいに、鈴乃のピンチを助けてくれた翔吾は本当にかっこよかった。鈴乃が逆上せ上がってしまった原因の一つでもあるだろう。

だが、それだけが理由ではない。ホテルでの事故的なキス、そして老夫婦から聞いたあのホテルにまつわるジンクス……。

もちろん異国の地で開放的な気分だったのもあるし、ワインを飲みすぎてしまったのも理由の一つだろう。

色々な理由が折り重なって、あの夜の鈴乃は少しいつもとは違っていた。

翔吾との思い出がもっとほしい。そんな欲が出てきてしまったのだ。

――だって、ずっと憧れていた男の人なんだもの。少しでも思い出がほしいと思っても仕方がないよね！

そんなふうに自分を正当化しながらも、やはりあのときの自分は正常ではなかったのだと落ち込む。

あまりの恥ずかしさに思わず叫びそうになり、慌てて手で口を押さえて止めた。

ヨロヨロと危うげな足取りで通路の隅へと行き、壁に縋り付く。

今まで恋人がいたこともなく、男性との接触もほとんどない。そんな鈴乃がまさかのまさかでファーストキスを彼に捧げたなんて……。

今思い返しても信じられない出来事だ。普段の鈴乃を知っている人ならば、誰もが「嘘だ!?」と叫び声を上げるに違いない。

それほど、あの夜の鈴乃は大胆極まりなかった。それがわかっているからこそ、居たたまれなさを感じるし、努力しても忘れられないのだろう。

「ファーストキスって……もっと、こう……」

思わず唇に指を這わせる。すると、翔吾の唇の感触が戻ってきた気がして、頬が異常に熱くなった。

鈴乃が考えていたファーストキスというものは、もっと初々しいもので、なんというか唇と唇を合わせるだけのものだと思っていた。

風のように触れるだけ。だけど、儀式のような大事な行為という位置づけだった。

だけど、実際はどうだろう。そんな初々しさとはかけ離れたものだった。

――あぁ……っ!

顔を両手で覆う。今、誰かに真っ赤な顔を見られたら、恥ずかしくて会社に来られなくなる。

悶絶しながら、再び彼とのキスを思い出してしまった自分を嘆きたくなった。

こんなことばかりしているから、忘れたくても忘れられなくなってしまうのだ。

自分で自分を追い込んでいることには気がついているが、止められるものならとっくの昔にそうしている。

それができないから困っているのだ。

誰かに話してみれば、少しは気持ちが落ち着くだろうか。いいアドバイスをくれるかもしれない。そんなふうに考えたこともある。

しかし、自他共に認めるほどの奥手な性格の鈴乃だ。

この話を聞いて、本当のことだと認識してくれる人がいるだろうか。

鈴乃自身にしたって、あの夜の出来事は全部夢だったんじゃないかと思っているぐらいだ。信じてくれる人などいないだろう。

富貴子の顔が脳裏を過る。彼女なら、鈴乃と翔吾を引き合わせることは可能なのだろう。

だが、彼女は絶対に動いてはくれないはずだ。

二人を引き合わせたくはない。そう思っているのは確かだから。

きっと翔吾は異国の地で「後腐れないから」とキスをしてきただけ。もしくは好奇心だけだ。

鈴乃が抱いている淡い恋心とは、ほど遠いものなのだろう。

もし、翔吾の口からその事実を聞いてしまったら、ショックすぎて立ち直れなくなる。

旅先マジックにかかっていただけ。そう考える方が、精神衛生上いいだろう。

そう思いながらも、心の片隅ではホテルのジンクスが本当にあったとしたら、と思ってしまっている。

あの老夫婦が言っていたように、もう一度翔吾に会うことができるのだろうか。

コツンと頭を壁につけた。今はこんなことを考えている場合ではない。

時計を確認すると、あと二時間ほどで就業時間は終了になる。それまでに資料を作成しなくてはならないのだ。

今夜は仕事終わりに実家が営んでいる店へと行く予定だ。残業をするわけにはいかない。

岩下呉服店。先祖代々から受け継いでいる呉服店だ。父が五代目として店を守っている。

現在は父と母が切り盛りしているが、この先はどうなるかはわからない。

鈴乃は一人っ子だ。

鈴乃が継ぐことも考えたが、両親はそれをよしとはしていない。自分たちの代で店は閉めるつもりだと言っている。

長年続いている店を畳むのは、やっぱり寂しい。だけど、年々経営状況が悪くなっていることを考えると、そろそろ潮時だろう。そう父が切なそうに言っていたことを忘れられずにいる。

大事な店だからこそ、中途半端なことにはしたくない。両親の意思を尊重するのが正しいだろう。

今、鈴乃にできることといえば、微力ながらも両親を手伝うこと。それぐらいしかない。

幼い頃から店の手伝いはしている。それは就職してからも同じだ。

店のお客様とも顔なじみが多く、鈴乃が接客をすることも多々あるのだけど……。

店の行く末を考えると、やっぱり気分が落ち込んでしまう。

パンパンと頬を叩いて気合いを入れたあと、止まっていた足を動かしてオフィスへと向かった。

6

先程イギリスからのフライトで戻ってきたばかり。事務処理などを終えたあと、休憩がてらカフェテリアにやってきたところだ。

アイスコーヒーを注文し、それをトレイに載せて空いている席へと腰を下ろす。

一口飲んでひと心地つきながら、大事なお守りを取り出して頬を綻ばせる。

三年前の大変だったフライトのあとに、乗客だった女性にもらったものだ。

あのときは、あまりに急なことでビックリしすぎて、残念ながらこのお守りをくれた彼女の顔はおぼろげであまり覚えていない。

なんとか思い出せないものかと、そのお守りを手のひらに載せて見つめる。

思わず吹き出しそうになったが、それをグッと堪えてもう一度そのお守りに視線を落とす。

このお守りは縁結びのお守りだ。一度調べたのだが、どうやら厄除けや開運祈願が有名な神社のものらしい。

おそらくだが、あのときの彼女は翔吾に開運祈願のお守りを手渡したつもりだったのだろう。

彼女が自分のためにいただいてきたであろう、縁結びのお守り。

予定していた持ち主ではないけれど、彼女に御利益がありますようにと願わずにはいられない。

お守りをくれた女性との思い出に浸っていると、取り囲むように女性陣が声をかけてきた。

「杉園さん。今夜、夜ご飯ご一緒しませんか？」

そんなふうに声をかけてきたＣＡやＧＳに「悪い。また今度で」とだけ素っ気なく言って席を立つ。おちおちコーヒーを飲む時間もない。

盛大にため息をつきたくなるのを我慢しながら、表情を極力動かさず冷静な様子でその場をあとにする。

はっきり言って、つれない態度を取っているのは自分でもよくわかっていた。

だからこそ、先程声をかけてきた女性たちからの自分への評価は下がるはず。

そんなふうに思うのだが、なぜか彼女たちはこちらの考えの斜め上な感情を抱いているようだ。

控えめながらも、確実に翔吾に聞こえてくるのは黄色い声でまたかと項垂(うなだ)れてしまう。

「やっぱり杉園さん、かっこいぃ！」

「うん、素敵よね。クールなところが堪らない！」

「わかる！　でも、いざ仕事になると頼りになるし、さりげなく優しくフォローしてくれるところがいいよね。でもさぁ――」

トレイに載せていた紙コップをゴミ箱に入れてトレイを返したあと、カフェテリアを立ち去る。

彼女たちがコソコソと話し出した内容は、おそらく翔吾がバツイチだという噂話だろう。

未だにその噂が流れていることにうんざりとしながらも、噂の張本人である翔吾が肯定も否定もしていないので収まるものも収まらないだろうことはわかっていた。

だが、あえて放置しているとしたら翔吾に秋波を向けてくる女性たちはどう思うだろうか。

実はこの噂になんの対策もしないおかげで、翔吾の周りに女性が減ったのをいいことにずっと噂を放置しているのだ。

バツイチというのはまったくの嘘で、婚約破棄をしただけだ。結婚はしていない。

未婚だ。

当時は色々あって親ともかなり揉めて落ち着くまでに時間がかかってしまった。だが、その縁談以降は特に結婚については言われていない。

そのことに安堵している。元々結婚願望など皆無に近かったからだ。

このまま独身を貫いて仕事に生きるという選択が自分には合っている。そう思っていたのだけど……。

まさか、シンガポールの地で出会った鈴乃に一目惚れしてしまうなんて思ってもいなかった。

彼女となら恋愛したい。結婚したい。あの夜、本気でそう思っていた。

だからこそ、翔吾らしからぬ行動に出てしまったのだ。

——あんな嘘か本当かわからないジンクスに賭けてキスをしたいと強請ってしまったなんて……。

今思い出しても顔から火が出そうだ。

しかし、あの夜の自分は今このときを逃したら一生後悔をする。そんな決意で、いつもの翔吾なら絶対に言わないであろう歯の浮くような台詞を言ってしまった。

だが、後悔はしていない。彼女に触れたかった。その気持ちに嘘偽りは一欠片もなかったからだ。

彼女との唯一の連絡手段と言えば、妹である富貴子しかいない。

しかし、あの調子では絶対に鈴乃の連絡先を教えてはくれないだろう。

ハァ、とため息をつきながら、更衣室へと向かって制服から私服へと着替える。

明日はオフで、その次の日はオフィスでスタンバイの予定だ。

今夜は少しゆっくりできるなと思いながら通路を歩いていると、携帯電話がブルブルと震えた。

確認すると、父からのメールが一通届いている。内容としては、会社に来てほしいというものだった。

それを見て、思わず顔を顰めてしまう。またお見合いでもさせるつもりなのだろうか。

前回の縁談は弟に借りを返すつもりで引き受けたが、今度は申し訳ないが断るつもりだ。

本当にこの気持ちが恋なのか、これからどうなるかわからない状況だが、常に鈴乃のことを考えてしまっている。

そんな状況なのに、他の女性と結婚なんてどうしたって考えられない。

あの政略結婚の話が弟に来たとき、彼も今の翔吾のような気持ちだったのだろう。今なら理解できる。

「無理なものは、無理だな」

翔吾が断ることで、しわ寄せが弟に行ってしまうかもしれない。そうならないようにするには、どうしたらいいか。

だが、その社名を見て首を捻る。父が常にいる本社ではなく、系列会社のオフィスだったからだ。

怪訝に思いながらも父にメールで確認をする。すぐに返事が来て、胸を撫で下ろす。どうやら縁談などの類いの話ではなさそうだ。

祖父の腹心だった社員が、この系列会社の専務になったのは聞いていた。

しかし、体調が優れなくなってしまったために退職する運びになったらしい。

最後の挨拶でそのオフィスに来ているので、できたら顔を出してもらえないかということのようだ。

退職後は地方の山里へと療養のために移り住むようで、なかなか会えなくなるらしい。

彼とは面識があり、学生の頃もお世話になった人だ。最後に会っておきたい。

すぐに向かう、とメールで返事を入れたあと、空港からタクシーに乗り込む。

主要駅前のスクランブル交差点のところでは、たくさんの人々が信号待ちをしていた。

その中にはOLらしき女性の姿も見える。思わずその中に鈴乃がいないか探す自分がいた。

彼女のことで知っているのは、名前だけ。それだけしかない。

だからこそ、どんな小さな情報でもほしくて堪らないのだ。

常にアンテナを巡らせて彼女を探している自分に気づくたびに、やはりすでに恋に落ちてしまったのだと確信して苦笑いをする。

シンガポールのホテルで出会った老夫婦が言っていたジンクスが本当ならばいいのに。

夢物語みたいなことに縋りつきたくなる。

今の翔吾にとって、それぐらいしか鈴乃と会う奇跡は起こせないと思えるからだ。

タクシーはスムーズに交差点を走り去る。やはり、鈴乃は見つけられなかった。

落胆しながらも、そんなに簡単に彼女が見つかるはずがないのだと自分自身に突っ込みを入れる。

タクシーが目的地に到着し、支払いを済ませて車を降りた。

父親が経営している系列会社とはいえ、企業の仕事に関与していない翔吾には初めて訪れる場所だ。

まずは受付で聞いてみようと思ったが、先程から目にゴミが入ってしまったようで痛くて堪らない。

お手洗いに行って目からゴミを取り除いたあと、受付を目指そうとした。そのときだった。

なんとなく不穏なやりとりが耳に入ってくる。

「そんなこと言わずにさ。ね？　一度ぐらい食事に付き合ってくれてもいいんじゃない？　うちの会社、イデアルカンパニーさんにコンペを依頼しているんだし」

どう聞いても、仕事を盾にして交際を迫っている様子だ。

慌てて振り返ると、少し離れた場所に先程からよく目にするこの会社の制服を着た女性がいて、その女性を逃がさないよう引き留めている男性が見える。

女性はこちらに背を向けているため、顔は見えない。だが、困っているのだけは伝わってくる。

助けようか、と思って足を踏み出そうとしたときだ。その女性の声が聞こえてきた。

「あの……困ります」

その声を聞いて、走り出す。

――まさか……！

耳に心地のよい、優しい声。その声に聞き覚えがあり高揚感と同時に、その男への怒りの気持ちが込み上げてきた。

その男の肩を掴み、殴りたくなる感情を必死に抑える。

「君、彼女が嫌がっているのがわからないのか？」

二人の間に割り込み、彼女を自分の背で隠す。

急に現れた翔吾を見て、一瞬怒りの表情を見せた。しかし、圧倒的に身長も高く、体格もいい翔吾に怯(ひる)んだのだろう。

何やら言い訳めいたことを呟きながら、そそくさと逃げていってしまった。

苛つきながら息を吐き出すと、後ろにいる彼女が声をかけてくる。

「助けていただきましてありがとうございました」

かわいらしい声は、耳に優しい。

どうやら彼女は、まだわかっていないようだ。翔吾はこんなにも彼女に会いたくて仕方がなかったというのに。

ずっとずっと探していた。そんな彼女を振り返り、そのかわいらしい頭にポンポンと優しく触れる。

「鈴乃。君は本当に危なっかしい人だな」

「え？」

彼女の顔をのぞき込むと、一瞬戸惑ったように目が泳ぐ。だが、すぐにその目を大きく見開いた。

「俺は君が危ないときに出会うようになっているらしい」

そう言うと、ますます鈴乃は目を丸くした。

＊　＊　＊　＊　＊

「嘘、……嘘だ」

「嘘じゃない」

「だって、そんな……」

感極まって涙目になってしまう。

まさか翔吾にもう一度会えるなんて思ってもいなかった。

あのジンクスが叶ったらいい。そんなふうに思っていたが、所詮ジンクスだ。夢物語だと内心は諦めていた。だけど——。

——本当に会えた。ジンクスが叶ったんだ！

嬉しさのあまり、なんて彼に言葉をかければいいのかわからない。

指先が震えてしまう。それを止めるようにギュッと手に力を込めて握りしめた。

ただ頭の中が真っ白になってしまうのみで、言いたいことの一つも言えないなんて。

優しく何度も頭を撫でてくれる翔吾を見上げると、彼は優しい眼差しを向けてくれていた。

本物の翔吾さんだ。そんなことだけしか考えられない。

「まさか、こんなところで鈴乃に再会できるなんて思っていなかった」

「どうして、ここに杉園さんが？」

再会できたことで浮き立っていたが、確かにこんな場所で再会なんて想像すらしていなかった。

聞けば、仕事終わりに彼の父親から連絡があり、呼び出されたのだと言う。

「お父さん……ですか？」

「ああ。父はイデアルカンパニーの親会社の社長をしているんだが、今ここに来ているらしくて。呼び出された」

翔吾たちの父親は会社経営者だと聞いてはいたが、まさかうちの会社の親会社のトップだったなんて。

まさかの事実に唖然としている鈴乃をよそに、彼はレザーのバッグからメモ用紙とペンを取り出して走り書きをし始めた。

「杉園さん？」

急にどうしたのかと思っていると、先程まで何かを書いていたメモ用紙を差し出される。

そこには携帯の電話番号と、メールアドレスが記載されていた。

そのメモ用紙を押しつけられ、慌てて受け取る。

「あとで連絡してほしい。必ず」

そのメモ用紙を手にして見上げると、彼は熱の籠もった目でこちらを見下ろしている。

まっすぐで情熱的な瞳を向けられて、ドキッとしてしまう。

「君も知っての通り。俺は国内外を仕事で飛び回っている。今日なら連絡がつくから、何時でも構わない。必ず電話してほしい」

縋るように、そして懇願するように強い口調で言ってきた。

彼は鈴乃に強い眼差しを向けてくる。ドキッと心臓が大きな音を立ててしまうほど真剣な表情だ。

そんな彼に小さく頷いたときだ。彼の携帯電話だろう。着信音が鳴り響いた。

携帯を確認して、翔吾が顔を顰める。どうやら父親の呼び出しだったようだ。

「悪い。すぐに行かなければならないようだ」

ため息交じりでそう言ったあと、名残惜しげにその場を離れていった。

呆然として立ちつくしながら、この短い時間でのやりとりが嘘だったのではないかと疑いたくなる。

――だって、杉園さんと会えるなんて思っていなかったし。

だけど、手にしている小さなメモ用紙は間違いなく翔吾から手渡されたものだ。

「夢じゃ、ないんだよね？」

メモ用紙を大事に胸に押し当てながら、感動のあまりジーンとしてしまう。

シンガポールのホテルで出会った老夫婦が言っていたジンクスが本当になった。

絶対に叶わないと思っていたのに、現実となったなんて。

キスのおまじないが効いたのだろうか。それとも、そもそも鈴乃と翔吾の二人は運命の赤い糸で結ばれていたのか。

そんなファンタジックなことを考えるのは、やはり気分が高揚しているからなのだろう。

ウキウキする気持ちをなんとか押し込め、彼から手渡されたメモ用紙を丁寧にスカートのポケットへとしまい込む。

メモを入れたポケットにポンポンと優しく触れたあと、浮き立つ気持ちを抑えながら仕事へと戻った。


「連絡がすぐにほしいって言っていたよね……」

仕事帰り。自宅に帰るまで待てなくてウズウズしてしまう。

どうしても居ても立ってもいられなくなって、会社近くにあるカフェへと入った。

アイスカフェラテを注文し、大通りが見渡せるカウンター席へと座る。

カフェラテを飲んでひと心地ついたあと、翔吾から手渡されたメモ用紙を取り出す。

真っ白な小さな紙には、走り書きされた文字が並んでいる。

サラサラと書いていたのに、とても綺麗な筆跡だ。

彼からもらったメモ用紙を見ても、どうしても彼と再会できたことが夢だったのではないかと疑ってしまう。

それほど、今も夢見心地でいる。

携帯をバッグから取り出し、時間を確認する。

現在、夕方六時過ぎだ。社内で翔吾に会ったのが三時頃だったはずだから、さすがにもうオフィスビル内にはおらず帰宅しているだろう。

ちょっぴり寂しさを感じる。でも、こうして彼との連絡手段ができたのだから、それをまずは喜ぼう。

仕事が終わった今なら、彼に連絡を入れても支障はない。翔吾から今日中に連絡がほしいと言ってきたのだ。すぐに連絡を入れても大丈夫だろう。

わかっているのだけど、なかなかできない。

早く翔吾の声が聞きたいと思っている反面、やっぱり緊張してしまって手が震えてしまうのだ。

ここまで夢みたいなことが続いている。思えば、シンガポールの地で憧れの人と再会できたあの日から奇跡がずっと続いているのだ。

もしかしたら、もう少しで夢が覚めてしまうかもしれない。そう思うと怖くて仕方がなくなる。

ふぅ、と息を吐き出して心を落ち着かせたあと、いざ！　と勇気を振り絞って携帯を手にする。

まずはメモ用紙に記載されていたメールアドレスへとメッセージを送ることにした。

震える指先でタップを続け、短いメッセージを送る。

『先程は、ありがとうございました。また杉園さんと会えて嬉しかったです』

本当に当たり障りのない、面白みのない文章だ。自分でもそう思い、苦笑いを浮かべる。

あとは、自分の携帯電話番号も入力して送信した。

文字数にして、五十文字ほど。それなのに、なぜだろう。疲労困憊だ。

送信したあともなんだか緊張してしまっていて、ソワソワしてしまう。

彼からいつ返事が来るのか。それを考えると、ドキドキしてきた。

高まってしまっている気持ちを静めようと、カフェラテに手を伸ばしたときだ。

携帯がメールの着信を知らせてくる。ディスプレイを見ると、先程アドレス帳に連絡先を入れたばかりの相手、翔吾からだった。

『今、どこにいる？　電話してもいいか？』

その文面を見て、心臓がドキッとしてしまう。

慌ててバッグに携帯を入れたあと、カフェラテを一気に飲み干す。そして、トレイを持って席を立ち、カップを返却口に戻した。

ありがとうございました、という店員の声を背中で聞きながら、カフェを出る。

通行の邪魔にならない場所を探して路地の隅まで来ると、携帯をバッグから取り出した。

高鳴る胸の鼓動を聞きながら、もう一度翔吾からのメールを確認する。

この文面を見る限り、今なら翔吾は電話ができるのだろう。

緊張しながら、翔吾へと電話をかける。ツーコール待たずに、彼の声が受話器越しに聞こえてきた。

『もしもし、鈴乃。翔吾だ。電話ありがとう』

「い、いえ！　あの、お疲れ様ですっ！」

かなりテンパってしまっている。どこかビジネス会話のようになってしまい、恥ずかしくなって顔が熱くなった。

そんな鈴乃の様子がわかったのだろう。受話器からクスクスと楽しげな笑い声が聞こえきた。

恥ずかしくて堪らない……。泣きたい気持ちでいると、彼は柔らかい口調で聞いてくる。

『今、どこにいる？』

「え？　今ですか。会社近くにあるカフェのそばです」

『ああ、本当だ』

「え？」

『そこで待っていて』

そう言うと、通話が切れてしまった。

彼の様子からして、鈴乃の姿が現在見えているような口ぶりだったが……。

首を傾げながら携帯をのぞき込んでいると、ディスプレイに影がかかる。

え、と驚いて顔を上げれば、そこには翔吾が立っていた。

ビックリしすぎて硬直していると、彼は優しげにほほ笑みながら教えてくれた。

「ここで会えてよかった。ちょうど今、親父から解放されたところだったんだ」

「そう、なんですね」

やっぱり夢じゃない。自分の頬をつねって確認したくなってしまう。

これは現実なのだと実感するたびに、なんだかものすごく緊張してきてしまった。

端から見ても鈴乃の挙動不審ぶりは凄まじいだろう。

そんな鈴乃の耳元で、翔吾は熱を帯びた声で囁いてくる。

「シンガポールで出会った老夫婦が言っていた、ホテルのジンクス。あれは本当だったのかもしれないな」

まさに鈴乃が思っていたことだ。彼も同じ気持ちでいたのか。

彼を見上げると、鈴乃を情熱的な目で見つめていた。

「だからこそ、君に再び会えた」

「杉園さん……」

顔が熱くなり、心臓が怖いぐらいにドキドキと脈打っている。

涙目になる鈴乃に、翔吾はキラキラとした美麗な笑みを向けてきた。そして、彼の大きな腕の中に引き込まれてしまう。

「杉園さんっ⁉」

咄嗟の出来事に慌てる。顔がじわじわと熱を持ち、耳まで熱くなってしまった。

どうしたらいいのだろうとますます動揺していると、彼は耳元で甘く囁いてくる。

「好きだ。鈴乃」

「え？」

「俺と付き合ってほしい」

やっぱり夢を見ているのかもしれない。熱に浮かされたまま彼を見上げると、こちらを熱を帯びた眼差しで見つめていた。

その瞳の真摯さが、これは現実で夢ではないのだと伝えてくる。

脳裏には、富貴子の顔が浮かぶ。

何も言えずにただ彼を見つめていると、彼は切なさを滲ませた表情を曝け出してきた。

「君に会いたくて仕方がなかった。こんな気持ちになったのは、生まれて初めてだ」

押し込めていた感情を吐き出すように言ったあと、彼は悲しみを訴えてくる。

「次の日の朝、鈴乃に会えると思っていたのに。君は逃げるようにホテルを去ってしまった」

「あ、あの……っ！」

ごめんなさい、と謝ろうとすると、彼はゆっくりと首を横に振った。

わかっている、と言うと、翔吾は苦く笑う。

「富貴子に言われたんだろう？　俺にもう近づかない方がいいって。会うのはダメだって忠告されたんだろう？」

「えっと、あの……」

どう答えていいのかわからず目を泳がせていると、彼は困ったように眉尻を下げる。

「富貴子は、君をとてもかわいがっている。だからこそ、女に冷たい俺とは付き合わせたくないと思ったんだろう」

「杉園さん」

「富貴子の言うことには一理ある。確かに恋愛にドライな面があった。だから、この数年は仕事ばかりしていたし」

それに、と彼は呟く。鈴乃を腕の中から解放したあと、翔吾は鈴乃の両肩に手を置いた。

彼の表情は真剣そのもので、どこか緊張しているように見える。

「鈴乃。俺は富貴子が言う通り、冷たい男なのかもしれない。君が望むような男じゃないかもしれない」

彼は言い募るように、懇願するように訴えてくる。その熱い気持ちがダイレクトに飛び込んできて胸がドキドキした。

「だが、君と恋愛をしたい。その気持ちは本当だ」

「杉園さん」

「君が好きなんだ」

なんてまっすぐな目で言うのだろう。彼の目からは嘘という文字は一欠片も見受けられなかった。

緊張しているのか。鈴乃の肩に置いている彼の手が震えている。

それだけ真剣な気持ちを向けられて、嬉しくて泣きたくなってきた。

鈴乃の返事を待つ彼に、泣き笑いをする。

「杉園さんは冷たい人じゃありません。私は知っています」

「鈴乃？」

驚いた様子で目を見開く彼に、自分ができる一番の笑顔を向ける。

「杉園さんは、仕事にストイックで、自分に厳しい。だけど、とても優しい人です。何度も私は杉園さんに助けられていますから！」

胸をトンと叩いて自慢げに言うと、翔吾のその顔に次第に笑顔が浮かんでくる。

とても綺麗で、直視するのが難しいほどの素敵な笑顔だ。

それなのに彼は腰を屈めて鈴乃と視線を合わせると、コツンとおでことおでこを合わせてきた。

至近距離に彼の目が見えて、心臓が壊れるかと思うほどドキッとしてしまう。

真っ赤になった顔を見て、彼は目を優しく細める。

「本当、俺は鈴乃を何度助ければいいんだろうな」

「ご、ごめんなさいっ！」

思い当たる節がありすぎて素直に謝ると、彼は熱っぽい視線を送ってくる。

「でも、鈴乃を助けるのは……常に俺でいたい。その役目、俺にくれないか？」

その言葉が嬉しくて、我慢していたけれど一粒涙が零れ落ちてしまった。

コクコクと何度も頷いたあと、彼に自分の気持ちを伝える。

「私も杉園さんが好きです。私を貴方の彼女にしてください」

こんなふうに告白されるのも、したのも初めてだ。どんなふうに反応すればいいのか、正直わからない。

不慣れな自分にしょんぼりしていると、彼は一度離れて頬に伝った涙を指で拭ってくれた。

「ありがとう、鈴乃。精一杯、愛するから」

そう言うと、彼は再び鈴乃を抱きしめてきた。

ここが路地の隅だとか、もしかしたら知人に見られてしまうだとか。そんな気持ちはどこかに消えてしまっていた。

ただ、彼のぬくもりに包まれて、恥ずかしいけれど幸せで仕方がない。

何度も優しく頭を撫でてくれていた彼が、小さく呟く。

「君が……。鈴乃が再会を信じてくれたから、叶ったのかもしれないな」

ドキンと胸が一際高く鳴る。鈴乃が富貴子に頼んだ伝言のことを、彼は言っているのだろう。

富貴子には翔吾とこれ以上会わない方がいい。

そう言われたからこそ次の日の朝、彼と会わずにホテルを去ったのだ。

――ごめんなさい、富貴子先輩。

あれだけ忠告されたのに諦め切れない。やっぱり彼のことが好きだ。

あのときも後ろ髪を引かれる思いだった。だからこそ、もう一度会えるといいなという願いを込めて伝言を翔吾に残したのだ。

彼女が心配するように、もしかしたらすぐに飽きられてしまう可能性がある。

――それでも、やっぱり彼の近くにいたい。

富貴子に連絡をしよう。怒られてしまうかもしれないけれど、きちんと正直に話した方がいい。

そんなふうに考えている鈴乃の気持ちに気がついたのだろう。

翔吾は「心配しなくていい」とポンポンと柔らかいタッチで頭に触れてきた。

「富貴子には俺からきちんと話しておく。俺たちのこと、祝福してもらうから。心配しなくていい」

「……はい」

勇気を振り絞って彼にキュッと抱きついた。

また大胆なことをしてしまったかもしれない。そう思うだけで、耳まで熱くなる。

「恥ずかしがる鈴乃は、かわいいな」

そんなことを囁かれて、ますます恥ずかしくなって顔を上げられない。

鈴乃は、より彼にギュッと抱きついた。

＊　＊　＊　＊

「送っていただきありがとうございました」

ペコリと頭を下げる仕草すらかわいい。彼女の一挙一動すべてがかわいく見えてしまう。

シンガポールの空港で彼女を初めて見たときにも思ったことだが、今はどんな彼女を見てもかわいいと言える自信がある。

あの夜交わしたキスの熱、感触。それらは今も思い出せるほど。

あんなにドキドキして滾(たぎ)ったキスは、この三十五年という人生の中でも初めてだった。

鈴乃との接点は妹の富貴子のみ。だが、そんな彼女が鈴乃との接近を固く禁じていた。

伝手を探そうとはしていたが、難航していて頭を悩ませていた。もう二度と、鈴乃に会えないかもしれない。そんなふうに半ば諦めてもいたのに……。

――確かに、富貴子の言う通りだったな。

『思いも寄らぬところに、探し物はあるって言うわよ』そんなことを自称兄思いの妹が言っていた。

富貴子は、鈴乃の勤め先がうちの系列会社だと知っていたのだ。

だからこそ、もしかしたらどこかで会う可能性があるかもと匂わせていたのだろう。

彼女なりのヒントだったようだが、あまりにおおざっぱなヒントだ。

そんなことを考えていると、「杉園さん?」と鈴乃が俺を呼ぶ。そして、その愛くるしい目で彼女はこちらを見上げる。

心配そうにしている彼女には悪いが、邪なことばかり考えてしまう。

——ダメだ。あまりがっつくと怖がらせてしまう。

なんとか笑顔を向けて、今脳裏に描いた妄想を慌ててかき消す。

彼女は男と付き合ったことがないと言っていたし、元々男性との接触も少ないと言っていた。

順序よく、段階を踏んで関係を深めていくべきだ。

なんとか理性を総動員して自分に言い聞かせる。そうしないと、鈴乃の魅力に瞬殺されてしまうのは目に見えていた。

それほど、彼女がかわいくて、愛おしくて堪らないのだ。

こんな感情を今まで抱いたことはないのだから、この気持ちを持て余している今の状況をどうしたらいいのかがわからず困ってしまう。

これ以上彼女と一緒にいれば、自分が何を言い出すかわからない。下手なことを口走る前に去った方が賢明だろう。

「じゃあ、また。おやすみ」

去り際はスマートでいたい。鈴乃には、少しでも大人で紳士だと思われたい。いわば、見栄だ。

しかし、彼女は紅潮した頬を隠さず、ソッと翔吾から視線をそらした。

「……もう、帰ってしまうんですか?」

もじもじと指を弄って恥ずかしがる。その仕草は例えようもないほどかわいらしいが、色々な意味で我慢を強いられている翔吾にとっては生殺し状態だ。

きっと目の前の彼女に深い意味はない。

想いが通じ合った今、ただ純粋にもう少し一緒の時間を過ごしたいと言ってくれているのだろう。

鈴乃は本当にかわいい。富貴子が手放しでかわいがるはずだ。

妹と色々な面で好みが似ているとは思っていたが、こんなところまで似ているなんて。ため息が零れてしまう。

本音を言えば、初々しい彼女を言いくるめてしまうのは簡単なことだ。

だが、それをしないのは、鈴乃に対して誠実でいたいから。

まずは彼女の憂いを晴らすのが先だろう。

ポンポンと彼女の頭に触れながら、優しく撫でる。

「ああ、帰るよ。明日、鈴乃は仕事だろう? 今日はゆっくりと休んで」

彼女は視線をこちらに戻し、何か言いたげな様子でいる。

ただ、なんとか自分の気持ちと折り合いをつけようと必死な様子がまた愛らしい。

「あとで富貴子に連絡して、許しを得るつもりだ」

「あ……」

「鈴乃も富貴子から反対されたままでは、俺と付き合いにくいだろう？」

戸惑いながら頷く鈴乃を見て、彼女が安心できるようになるべく優しくほほ笑む。

「大丈夫。きちんと話せばわかってくれるさ。富貴子は、そういうヤツだろう？」

「はい！」

元気に返事をする彼女を見て、知らず知らずに頬が緩んでしまう。

名残惜しい思いを押し殺し、ゆっくりと彼女から離れた。

「じゃあ、すぐに家の中に入って。入ったのを見届けてから帰るから」

そう言うと彼女は寂しそうな目をしたが、素直に頷く。そして、バッグから家の鍵を取り出して解錠した。

ドアノブに手を伸ばした彼女だったが、一瞬動きを止める。

「鈴乃？」

どうしたのかと不思議に思っていると、彼女はこちらを振り返った。

つかつかと翔吾の前に立つと、胸板にコツンとおでこを預けてくる。

「……少しだけ」

彼女も名残惜しいと思ってくれていることに嬉しさが込み上げ、彼女のいじらしさに胸がキュンとした。

すぐに彼女は翔吾から離れ、「じゃあ、また」と恥ずかしそうに顔を赤らめて玄関ノブに手を伸ばそうとする。

だが、その後ろ姿を見たとき。抑え切れないほどの寂しさに見舞われた。そして――。

「す、杉園さん？」

鈴乃が戸惑い上ずった声を出す。

それもそうだろう。我慢できなくなって、彼女の背後から抱きしめたからだ。

キュッと彼女に密着すると、優しく魅力的な香りに包まれる。それだけで癒やされた。

腕の中の彼女は、かわいそうなぐらいに硬直してしまっている。

申し訳ないなと思いながらも、そういう仕草が堪らなくかわいい。好きだ。

「我慢していたのに……」

思わず心の声が出てしまった。翔吾の声は彼女の耳にも届いたのだろう。

ビクッと身体が一瞬震えた。

抑えきれない情欲が声に滲んでしまい、それが彼女にも伝わったようだ。

だが、もう遅い。鈴乃が無防備に、翔吾に触れてきたのだから。

「本当、無防備だな。鈴乃」

「杉園さん？」

彼女に初めて出会ったときにも思ったが、無防備すぎる。危なっかしくて見ていられない。

誰にも見られない場所に囲ってしまいたくなる。そんな危ないことを考えてしまう自分がいた。

だが、さすがにそれはできない。だから――。

「鈴乃、君が悪い」

彼女の髪をかき上げ、露になった首筋に唇を這わせる。

すると、鈴乃の口から甘い吐息が聞こえ、項が真っ赤に染まっていく。

その綺麗な首筋にチュッとキツく吸い付いた。ゆっくりとそこから唇を離すと、見えてくるのは真っ赤な所有印だ。

ここから国際線のシフトが続く。会いたくても会えない。そんな日々を乗り越えるためには、少しだけ安心がほしくなる。

心の狭い男だと自嘲するが、欲には忠実らしい。そんな自分の見たことがない一面を垣間見て苦く笑う。

「杉園さん!?」

慌てた様子で鈴乃がこちらを振り返ってくる。その顔は、火が出てきそうなほど真っ赤になっていた。

だが、それを見て満足だと思っているなんて彼女が知ったら、どう思うだろうか。

翔吾がキスマークをつけた場所を手で隠すようにして、こちらを睨み付けてくる。

本人としては怒っているつもりなのだろうが、こちらから見れば〝かわいい〟の一言で片付いてしまう。

どうやら男に触れられた経験がない鈴乃にも、翔吾が何をしたのかはわかっているようだ。

そのことに、ますます満足する。

「違う」

「え?」

「翔吾って呼んで、鈴乃」

ますます頬が真っ赤に染まった。一瞬こちらを見たあと、視線を泳がせる。

そして、小さな声で「翔吾さん」と名前を呼んでくれた。

嬉しさのあまり、腰を屈めて今度は彼女の唇に自身の唇を重ねた。

「んんっ……！」

彼女が実家に住んでいなくてよかった。もし実家住まいだったとしたら、こんなこと絶対にできない。

「実家じゃなくてもダメですよ！」そんなふうに彼女に窘められそうだが、聞く耳は持たない。

何度も唇を重ね、あのシンガポールでの夜を彷彿させるようなキスをする。

彼女に、もう一度思い出してほしかった。

あの出会いは始まりになるだけで、これからが本番なのだと。

本当はもっともっとキスをしていたかったが、人がこちらにやってきそうな気配がした。

慌てて唇を離すと、涙目で翔吾を見上げている鈴乃と目が合う。

そんなかわいい目元に唇を寄せたあと、ドアノブを引く。そして、彼女の背中を優しく押して玄関の中へと促した。

熱が籠もった目をしてボーッと夢見心地でいる彼女のおでこに、チュッとキスをする。

名残惜しいが、これ以上はダメだ。

「また連絡する。鈴乃からもして」

彼女の耳元で囁くと、小さく頷いた。今はそれだけで十分だ。

今すぐに施錠をするようにと伝え、ドアを閉めた。

彼女は翔吾の言うことを聞いてくれたようだ。カシャンと鍵がかかる音が聞こえた。

それを聞いて安堵したあと、ゆっくりとその場をあとにする。

マンションを出て、鈴乃の部屋を見上げる。電気が点されているのを確認したあと、駅へと歩き出す。

途中、小さな公園が視界に入ってきた。そこには誰もおらず、ひっそりとしている。

電灯の下にあるベンチに腰掛け、先程までの鈴乃を思い返して堪らなくなった。

顔が熱くなっていくのがわかり、口元を手で覆う。

「どこの純情な男だよ……」

青春中のティーンのような恋をしている自覚はある。考えれば考えるほど、自分の行動が恥ずかしくなってきた。

こんな体たらくな翔吾を空港関係者が見たら、絶句して驚くだろう。

今日、イデアルカンパニーのオフィスで鈴乃を目撃したとき、どう表現したらいいのかわからないほど愛おしい気持ちが込み上げてきた。

男に絡まれているところでもあったので、同時に怒りと憎悪が湧き上がってきたが……。

そのことに戸惑いを隠せなかった。もう一度彼女に会いたいと思っていたのは確かだが、こんな感情が高ぶるような経験は今までしたことがなかった。

だからこそどうしたらいいのかわからなくなったが、このチャンスを逃したくない。

絶対に離さない。そう思ったことは確かだった。

それに、彼女がピンチの場面でこうして再会したのは、きっとジンクスだけの縁ではない。

彼女と巡り会うのは運命で、彼女を守るために生まれてきたのだと思いたくなった。

冷静になった今ならキザったらしいと思えるが、あのときは素直にそう思ったのだ。

時間があればあの時点で口説いていただろうと思うほどに、何もかもが必死だった。

必ず連絡がほしいと懇願をしたあとは、ずっと彼女からの連絡のことで頭がいっぱいで父親に「どうしたんだ?」と笑われたぐらいだ。

連絡がほしいとお願いしたが、来なかったらどうしよう。

そんな不安に駆られていたとき、鈴乃からメールが来た。

そのときは、人目も憚（はばか）らずガッツポーズをしてしまったほどだ。

彼女がまだ会社付近にいると聞いて、走って駆けつけてしまった。

あのときばかりは、長い間翔吾を引き留めていた父親に感謝した。

もし帰ってしまっていたら、彼女に会うことは無理だったから。

そのあとは、もう無我夢中で告白をしていた。

まさかいきなり、あんな場所で告白をすることになるなんて。

冷静な自分が突っ込みを入れる中、それでもこのチャンスを無駄にしてはいけないともう一人の自分が叫んでいた。

チャンスなんて簡単に巡ってくるものではない。だからこそ、必死だった。

こうして再び彼女と出会い、彼女を口説く機会が巡ってきたのだ。

これを見逃すなんてもったいないまねはできない。

自分から女性に告白することも口説くことも今まで経験してこなかったが、無我夢中だった。

あのときの翔吾は、なりふり構ってなどいられなかったのだ。

鈴乃を我が手にするまでは、絶対にアプローチを緩めない。

一回でダメなら、二回、三回と告白しまくってやると意気込んでいた。

そんな翔吾の気持ちに、彼女は応えてくれた。それが今も夢のように感じる。

ふぅ、と小さく息を吐き出す。高揚している気持ちを少しクールダウンした方がよさそうだ。

夜空を見つめたあと、ジャケットから携帯を取り出す。富貴子に連絡をするためだ。

何度目かのコール音のあと、富貴子は元気よく通話に出た。相変わらずだ。

笑いを噛みしめていると、『兄貴?』と怪訝そうな声が聞こえる。

今、大丈夫かと問いかけると、一瞬間が空く。電話ができない状況なのだろうか。

かけ直そうかと言おうとすると、なぜか盛大なため息が聞こえてきた。

「富貴子?」

翔吾は、まだ何も言っていない。どうしてそんな重苦しいため息を聞かなければならないのか。

ムッとして苦言を呈しようとすると、またため息が聞こえる。

「あのなぁ、富貴子。俺からの電話がそんなにイヤなのか?」

兄妹仲はいい方だと思う。それなのに、こんな対応をされるのは初めてだ。

一度電話を切った方がいいだろう。そう思っていると、富貴子は『早速捕まえたってことでしょ？』と苦々しく言った。

え、と驚いていると、富貴子は自棄気味に言い放つ。

『だから、鈴乃を見つけちゃったってことでしょ？』

翔吾がなぜ、このタイミングで電話をかけてきたのか。富貴子にはわかっていたようだ。

彼女にしてみたら、かわいがっている後輩を女に冷たい翔吾とは関わらせたくなかったはず。

苦く笑って、「ああ」と彼女の問いかけに素直に答えた。すると、やっぱりまた深く息を吐き出す音が聞こえる。

「親父から今日呼び出しをされて、うちの系列会社に行ったら――」

『鈴乃が働いているところに遭遇したって訳ね。私がヒントをあげちゃったからねぇ』

こちらが言う前に被せるように言ってくる。よほど鈴乃と翔吾が接触したのがお気に召さないらしい。

「お前が心配するのもわかる。だけど、本気だから」

『兄貴』

翔吾の声色が変わったのが、電話越しにも伝わったのだろう。富貴子はそう言ったあと、再び無言になった。

彼女の憂いは、二年前の婚約破棄騒ぎからきている。

その真相は言わずにいようと思っていたが、富貴子の信頼を得るためには致し方ない。

内緒にしていた内情を話すと『馬鹿兄貴っ！　どうして教えてくれなかったのよ！』とかなりのご立腹だった。

とはいえ、翔吾が話さなかった理由、そして気持ちも理解できたのだろう。

ぐぬぬ、と感情を抑え込んで唸った。

『あの婚約破棄はとりあえず置いておいてさ。元々兄貴は恋愛に冷めているというか、女に冷たいじゃん？　私はそれを鈴乃にもするんじゃないかって心配していたの』

そんなふうに見えても仕方がない。それは事実だ。だけど……。

背筋を伸ばし、改まった口調で言う。

どうしても富貴子には理解してもらいたいし、鈴乃との交際を許してもらいたい。

そうしなければ、ずっと鈴乃は後ろめたい気持ちのままになってしまう。

それだけは避けたくて、必死になる。

「鈴乃は富貴子がかわいがっている後輩だからな。お前が心配するのはわかる。だが、俺は彼女を誰よりも大切にしたいと思っている」

電話の向こうにいる富貴子は無言だが、息を呑んだのを感じる。

そんな彼女に、自分なりの誠意を見せた。

「信じて、見守っていてくれないか」

考え込んでいるのだろう。少しの沈黙のあと、今夜何度目かわからないため息が聞こえてきた。

『わかった。兄貴を信じるよ』

どこか呆れているというか、諦めみたいなものを彼女から感じる。

それでもホッと胸を撫で下ろしていると、富貴子は『あの兄貴がねぇ』と揶揄うように言ってきた。

それを聞いて少々ばつが悪い気持ちを抱きながら呟く。

「……あのな、富貴子。本気じゃなければ、こんなかっこ悪いまねするはずがないだろう?」

ここまでの自分は客観的に見ても、滑稽なほど必死だ。

それがわかっていても尚、鈴乃獲得への手を緩めなかったのは純粋に彼女が好きだから。それ以外に理由はない。

どこか開き直った気持ちでいると、電話越しに豪快な笑い声が聞こえてくる。

挙げ句の果てには、ヒィヒィ言って笑いが止まらない様子。まったく我が妹ながら失礼なヤツだ。

ムスッとして顔を歪めていると、ようやく落ち着いた様子の富貴子は祝福するように声を弾ませた。

兄貴が本気の恋ができるようになってよかった、と。

富貴子の言葉を聞き、妹にかなり心配をかけていたのだと反省をする。同時に感謝もした。

また連絡をする、と約束をして、通話を切る。

携帯をジャケットのポケットに入れたあと、夜空を見上げた。今夜は新月のようで、空は暗い。だが、翔吾の心は晴れやかだった。

——大事にする。

鈴乃を前にすると自分でも知らない一面が出てくる。だが、それがイヤではない。

彼女と一緒にいると、色々な感情が湧き出てくるのだ。

彼女と過ごした時間は、まだまだ少ない。それこそ、知らないことの方が多いはずだ。

だけど、彼女に出会ったときの直感は大事にしていきたいと思っている。

この人を絶対に逃してはいけない。この感情は、おそらくこれからも抱き続けるのだろう。そんな気がする。

お互いのことを知るたびに愛おしくなったり、時には喧嘩をすることだってあるだろう。

それでも、なぜだか確固たる自信がある。

鈴乃とは長い付き合いになりそうだ、と。

先程彼女と別れたばかりだというのに、もうすでに会いたくなっている。

そんな自分に苦笑しながら、この幸せな気持ちを噛みしめた。

7

翔吾と日本で再会して交際をスタートさせてから、気がつけば半年以上が過ぎた。

出会いは夏だったが、すっかり季節は冬。年も明け、二月も半ばが過ぎようとしていた。

日が落ち、頬を刺すような北風が吹き付けてくる。

あまりの冷たさに首元に巻いているマフラーを口元まで上げて、ブルリと寒さに震えた。

仕事を終えた足で翔吾との待ち合わせの場所へ向かう最中だ。

駅前に出ると、あちこちでバレンタインデーのチョコレートが売られており、ハート型のディスプレイがところ狭しと飾られている。

冬という季節は、恋人同士で楽しむイベントが目白押しだ。

昨年末はクリスマスを一緒に過ごしたが、お互い色々と忙しくて長くは一緒にいられなかったのが残念だった。

クリスマスの次の日、翔吾はフライトが入っていたので、行きつけのカフェでお茶をしたのみ。

来年はうまくスケジュールを組もうな、そんなふうに翔吾に言われて、この幸せが来年も約束されたように感じられて嬉しくて堪らなかった。

年越しはお互い実家に戻らなければならなかったので一緒にはいられなかったが、スケジュールを縫って初詣にも行った。

とはいえ、翔吾の仕事ではまとまった正月休みは残念ながら取ることができない。なので、三が日をかなり過ぎてからではあったけれど行くことができた。

彼は仕事の関係で、ひと月の半分以上は海外の地へと向かう。なかなか会えないのはお互い寂しいと思っているけれど、それでもなんとか時間を調整して会っている。

付き合いとしては順調だと言えるだろう。

鈴乃にとって、翔吾は初めての恋人だ。色々と戸惑うことなども多かったけれど、それでも幸せに思うことの方が断然多い。

交際をスタートさせた頃はお互い知らないことばかりだったが、こうして付き合いが長くなってくると相手のことがよくわかるようになってくる。

その過程が嬉しくて仕方がないのだ。

まだまだ彼の隠れた一面に驚くこともあるので、コンプリートまでには相当な時間が必要になりそうだけれど。

今日はまさに恋人同士の日だと言っても過言ではない、二月十四日、バレンタインデーだ。

恋人たちのイベントは数多くあるけれど、初めて恋人ができた鈴乃にとってはどれも〝初〟となる。

もちろん、このバレンタインデーも例外ではない。だからこそ、特に気合いが入る。

翔吾のシフトがバレンタインデー当日の夕方から翌日丸々オフになったと聞いて、飛び上がらんばかりに喜んでしまった。

それも、翔吾は前もってホテルを予約しておいてくれたという。

宿泊する部屋でシェフ特製バレンタインデーディナーを堪能できるらしい。

その誘いを受けてとても嬉しかったが、すべて翔吾に用意してもらって恐縮してしまった。

何かこちらも用意したいと言った鈴乃に、翔吾は耳元で囁いてきた。

「鈴乃とチョコレートがあればいい。それ以外いらない」

そんなふうに甘く囁いたあと、さらに鈴乃の心臓を壊しに来たのだ。

「鈴乃とチョコレート、たっぷり食べさせて」

情欲を含んだ口調で懇願されてしまい、何も言えなくなってしまった。

彼にはすでに処女を捧げている。とはいえ、なかなか会えないので、回数はさほど多くはない……と思う。

だけど、彼と身体と心を蕩かし合う、あの時間がとても好きだ。

恥ずかしさだけではない。幸せな気持ちになれるし、よりお互いの気持ちが深まっていく。そんな気がするから。

とはいえ、まだまだ恥ずかしさは拭いきれない。それも、こんな直接的な言葉で言われたら……反応に困ってしまう。

顔を真っ赤にして挙動不審になる鈴乃を見て、翔吾はクツクツと意地悪く笑った。

彼にしてみたら思い通りの反応だったのだろう。本当に人が悪い。

彼は鈴乃が恥ずかしがって返事ができないと思っているはず。だからこそ、ちょっとした反骨心で大きく頷いた。

「わかりました。当日は、たっぷり召し上がれっ！」

自棄になりながら言うと、彼は驚くどころか嬉しそうに目を細めた。

そして、優しげな瞳を向けてきて「楽しみにしている」と甘く囁いてきたのだけど……。

——あのときの私、なんて大胆なことを……っ！

何度も思い出してしまい、悶絶しそうになる。

どうも翔吾を前にすると、通常なら絶対に口にしないことを言ってしまうようだ。

気をつけよう。

バッグの中にはチョコレートクッキーが入っている。昨夜必死に焼いた自信作だ。

だが、この自信作を生み出すまでには、ここ数週間の努力が必要だった。

料理はそこそこ作れるが、お菓子作りはあまりやったことがなく、かなり苦戦してしまった。

それでもなんとか形になってよかったとホッと胸を撫で下ろす。

今日は会社から直接待ち合わせのホテルへと向かう予定でいたので、少々荷物が多い。

いつもより大きめのショルダーバッグを肩にかけ直しながら、知らず知らずのうちに早足になる自分に苦笑する。

「ここ、だよね……」

目の前に聳（そび）え立つのは、一年前にオープンしたばかりのシティホテルだ。

名前だけは聞いたことがあったが、実際に訪れたことはない。

ハイグレードなホテルのため、少々緊張してしまう。

ホテルに入る前に自分の身なりをチェックした。

今日はこのホテルに宿泊すると聞いていたので、綺麗めかつ大人っぽい装いをしてきたのだが似合っているだろうか。

キャメル色のロングコートの下は、モスグリーンのワンピースだ。

胸元の辺りがレース素材になっており、セクシーさを醸し出している。

足下は黒のパンプス。いつもよりヒールが高めのものをチョイスしたのだけど……。

翔吾の隣に立ったとき、浮かないことだけを祈っている。

どれだけ鈴乃が努力したとしても、あれだけ美麗な翔吾の隣に立つのは緊張してしまう。

ヨシッ、と小声で気合いを入れたあと、ホテルの中へと入っていく。

広いロビーはシックで落ち着いた雰囲気に満ちていた。

大人の時間を過ごすためにあるホテル。そんな気品さえも感じられる。

そんな格式高い場所では下手なことはできない。

歩きながらも、実際心臓はバクバクと音を立ててより鈴乃の緊張を煽ってくる。

翔吾はどこにいるのだろうか。ゆっくりと辺りを見回す。

ここに来る途中、彼から携帯にメールが届いた。
文面には、すでにホテルに到着していてロビーにいると書かれてあったのだけど

……。

首を傾げていると、誰かが背後から抱きしめてきた。

「キャッ！」

驚いて声を上げてしまう。慌ててその人物を見て、ホッとする。翔吾だった。

「驚かさないでくださいっ、翔吾さん」

「ハハハ、悪い。でも、何度呼んでも返事をしてくれなかったのは鈴乃の方だぞ？」

「え？」

きょとんとして彼を見上げると、彼は目を細めてくる。

その瞳からは愛おしいという気持ちが伝わってくるように感じてドキッとした。

「そんなに無防備でいるな。心配で仕方がなくなる」

「無防備……ですか？」

確かにボーッとしていることが多いので危なっかしいイメージはあるかもしれない。

しかし、無防備ではないと思うのだけど。

そんな気持ちを込めて彼を見つめると、困ったように眉尻を下げた。

「俺のために、あまり外では気を抜かないでくれ」

「はい」

労るような優しい声で注意され、素直に頷く。

するど、彼は荷物を持ってくれたあと、鈴乃の腰に腕を回してエスコートしてくれる。

「チェックインはしてある。さぁ、行こうか」

彼に促されてエレベーターに乗り込み、上層階までやってきた。それだけで、彼が押さえてくれた部屋がグレードの高いところなのだとわかる。

ますます緊張していると、彼は突然手を繋いできた。

驚いて横を歩く翔吾を見つめると、彼は眉を顰めて苦い顔をしている。

「冷たい」

「え?」

「今日は一段と冷え込んだからな」

そう言いながら、鈴乃の手を温めるように指を動かしてきた。

その動きにどこか官能めいたものを感じて、ますます顔が熱くなってしまう。

すると、そんな鈴乃を見て彼は耳元で囁いてくる。

「かわいい、鈴乃。今日の服、とても似合っているよ」

ドキドキしてしまうほど低くセクシーな声で言わないでほしい。

どうしようもなく恥ずかしくなってしまうし、身体が何かを期待して熱くなってしまうから。

頭から湯気が出てきそうなほど真っ赤になっていると、ちょうど部屋に着いたようだ。

彼は繋いでいた手を一度離すと、カードキーをジャケットから取り出す。

解錠をすると、鈴乃の背中に手を置いて中に入るようにと促してくる。

「どうぞ」

口を開いたら、緊張のあまり変な声が出てしまいそう。それを恐れてコクンと小さく頷いて一歩踏み入れた。

一緒に入ってきた翔吾はそんな鈴乃にセクシーな声で言う。

「早く、鈴乃を温めてやりたい」

身体が飛び跳ねてしまうほどドキッとした。恥ずかしくて堪らない思いを抱きながら、彼を横目で見る。

すると、そこには情欲を確かに含んだ視線を向けてくる彼がいた。

そんな瞳に吸い寄せられるように、つま先立ちになる。そして、彼に教えてもらった大人のキスをした。

ベッドまで待てない。そんな気持ちが二人にあったのだろう。

何度口づけを交わしてもキスは止まらなかった。

ようやく我に返ったのは、ホテルスタッフがベルを押してディナーの到着を告げたときだ。

スタッフは、二人が部屋の奥にも入らずドア付近でキスをしていたのは知らないはず。

だけど、なんだか居たたまれなくなってスタッフの顔を真っ正面から見ることができなかった。

部屋に用意されたのは、バレンタイン限定のイタリアン料理だ。

二人仲良くシェアする形式らしく、美しく盛りつけられた大皿がいくつもテーブルを彩っている。

恋人たちの時間を大切にしてほしいというコンセプトのようで、一気に料理が出された。

「温かいうちに食べよう、鈴乃」

彼に椅子を引いてもらい、お礼を言いながら席につく。

シャンパンで乾杯をしたあと、その美味しい料理の数々に舌つづみを打つ。

最後のデザートまで食べ終えたあと、彼にバレンタインデーのチョコレートを差し出した。

クッキーを焼き、そこにチョコレートをコーティングしたものだ。

ラッピングも色々研究して、何度も練習をした。

ドキドキしながら彼の反応を見る。すると、ものすごく嬉しそうな表情になった。

子どもみたいに目を輝かせて、ワクワクしているのが伝わってくる。

その甘く蕩けてしまいそうな目で、彼は鈴乃を見つめてきた。

「ありがとう、鈴乃。すごく……すごく、嬉しい」

声が弾んでいるのがわかり、こちらも嬉しくなる。

噛みしめるように言う彼を見たら、感激のあまり鼻の奥がツンとした。

よかった。笑顔を彼に向けると、「今度は俺の番だな」と意味深なことを言ってくる。

どういうことだろうと不思議に思っていると、翔吾は急に立ち上がり、鈴乃の横までやってきた。

彼は中腰になると鈴乃の左手に触れてきて、恭しく持ち上げてくる。
そして、手の甲にキスを落としてきた。
ドキッと心臓が一際高鳴り、何も言えずに彼を見つめる。
だが、翔吾の表情を見て息を呑む。あまりに真剣な表情をしていたからだ。
先程までの甘さを含んだ笑顔は一切なく、どこか緊張した面持ちである。
鈴乃にもその緊張が移り、身体が硬直してしまう。
――何か、しちゃったかな?
不安が押し寄せてきて、涙が滲んできてしまう。
キュッと唇を噛みしめ、悪いことが起きるかもしれないと覚悟を決めたときだった。
彼の綺麗な唇が信じられないことを紡いできた。
「結婚してほしい」
耳に残るのは、彼の堅く緊張した声。だが、その言葉の意味を考える余裕はなかった。
ただ頭の中が真っ白になってしまって、気の抜けた声が口から零れ落ちる。
「え?」
彼をもう一度しっかりと見つめて、ジワリジワリと少しずつ彼が放った言葉の意味が鈴乃の心を侵食していく。

まだ呆然としている鈴乃を見て、彼は困ったように眉尻を下げた。

「聞こえていたか？　鈴乃」

「翔吾さん？」

「俺はプロポーズしたんだけど」

翔吾はそう言いながらジャケットのポケットに手を突っ込む。そして、小さなベルベットの箱を取り出して鈴乃の手のひらに載せた。

小さくて軽い箱。中身は、きっとエンゲージリングだ。

彼の気持ちがたっぷり詰まっているのが伝わり、尊い重みを感じる。

何度か瞬きをしたあと、我に返った。それと同時に、一気に顔が熱くなる。

「え？　え？」

ようやく現実を受け止めたことが翔吾にも伝わったのだろう。

小さな箱を手のひらに載せたままの鈴乃の手を、彼は両手で包み込んできた。

「鈴乃以外、考えられない。君と未来を共に歩きたい」

「翔吾さん？」

「歩いてほしいんだ」

鈴乃の手を包み込んでいる彼の手はいつもより冷たくて、彼の緊張がこちらにまで伝わってきた。

微かに震える彼の声を聞き、胸がキュンと締め付けられる。彼の本気を垣間見て、愛されていると感じた。

答えがほしい。彼の目がそう訴えかけてきている。

答えはイエスだ。早くそう告げたいのに、涙が込み上げてきて言葉にできない。

嬉しさのあまり、唇が震えてしまう。

高鳴る胸の鼓動は、ますます速くなっていく。

しまいにはヒックヒックと嗚咽を上げてしまった。

「私……、翔吾さんと一緒にいたいです」

「鈴乃」

「貴方と一生、一緒に歩いていきたいですっ！」

そう答えると、彼は鈴乃の腰を掴んで、抱き上げてきた。一気に視界が高くなり、慌てて翔吾を見下ろす。

彼は零れんばかりの笑顔を向けてくる。

「ありがとう、鈴乃。絶対に君を大事にするから」

「私も……っ、私も翔吾さんを大事にします」

泣き笑いし、鼻をすする。もう顔なんて涙でぐちゃぐちゃだ。

翔吾は鈴乃を抱き上げたまま、ベッドルームへと向かっていく。もちろん、抵抗なんてしない。拒まない。拒みたくない。だって——。

——早く一緒に蕩けてしまいたい。

彼と身体を重ねた回数は少ない。なかなか時間が合わない二人なら、致し方ないことだ。

それでもわかっている。愛を持ってするこの行為が、どれほど愛しくて幸せで気持ちがいいものか。

翔吾によってベッドに優しく下ろされ、そのまま彼に押し倒される。

視界いっぱいに彼の幸せそうな顔が映る。それだけで感極まって、やっぱり泣き出してしまいそうだ。

顔を歪めて泣いてしまいそうになっていると、「こら」と彼は柔らかい口調で注意してくる。

「もう、泣くな」

「だってぇ……っ」

彼がその大きな手のひらで頭を撫でてくれる。その手つきが優しくて、涙がポロリと一粒零れ落ちた。

言ったそばから、そんな呆れた声で翔吾は笑うが、涙を拭ってくれる彼の指はとても慈愛に溢れていた。

彼が触れるところ全部、熱を持って蕩けてしまいそう。

「鈴乃」

翔吾の声が淫欲を含みだした。その声にゾクゾクと官能的な刺激を感じていると、彼はゆっくりと顔を近づけてくる。

キスの予感に瞼を落とし、甘やかな時間に期待をした。

甘い吐息を漏らし、彼の唇と舌での愛撫に身も心も蕩かされていく。

彼は鈴乃が身につけていたものを取りさると、自身もすべて脱ぎ捨て綺麗な裸身を曝け出す。

その美しさに見惚れていると、彼は熱っぽい目でこちらを見下ろしてくる。

「愛している、鈴乃。こんなに好きになってしまって……怖いぐらいだ」

「怖い、ですか？」

こうして話している間も、彼は身体のあちこちに唇を這わせていく。

お互い裸になり、肌と肌が触れ合う。体温がダイレクトに伝わってきて、それだけで幸せを感じた。

彼からの愛撫で敏感に反応をして甘い喘ぎ声を漏らしていると、彼は再び「怖いよ」と呟いてくる。

「鈴乃がいなくなったら、俺は生きていけないかもしれない」

「翔吾さん」

いつもは頼りがいのある彼なのに、そんな弱音を言うなんて。それもその内容が鈴乃のことで……。

彼は胸の谷間に顔を埋めて、甘えてきた。

母性本能をくすぐられて、心の中が温かくなる。

腕の中にいる彼を守りたい。守られるだけじゃなくて、彼を守ろう。そんな気持ちが生まれてくる。

「大丈夫です。私は翔吾さんのそばを離れませんから」

力強く言い切ると、彼は顔を上げて一瞬呆けた表情を見せてきた。だが、すぐに破顔する。

「俺も絶対に鈴乃のそばを離れない。約束するから」

真摯な目でそう言うと、再び彼の唇は鈴乃を愛し始める。

「鈴乃の全部、俺にちょうだい？」

そう耳元で囁き、彼は何度も甘いキスをしてくる。

好きだ、愛している、かわいい。

そんな言葉を彼が囁くたびに、鈴乃の身体は火照っていく。

「はぁ……ぁ、ん」

与えられる愛撫の一つ一つに嬌声を上げてしまう。

もっとしてほしいと視線でお願いすると、翔吾はより熱く情熱的に身体に触れてきた。

熱を持った大きな手は鈴乃をより深い快楽の海へと誘っていく。

「鈴乃、もっと君がほしい」

そんな熱を帯びた目で懇願されたら、自分のすべてを差し出してしまいたくなる。

「はい……。全部、翔吾さんにあげます。だから――」

ゆっくりとした動作で手を伸ばし、彼の頬に触れた。

「私も貴方がほしい」

一瞬驚いた表情をした彼だったが、すぐに真顔になり大きく頷いた。

「ああ、全部鈴乃にやるよ」

そう言うと、彼は何度も鈴乃を高みへと昇らせていく。

身体と身体を絡ませて、二人は熱い夜を過ごした。


「おはよう、鈴乃」

柔らかくて優しい声がする。耳元で囁いてくるその声は、ドキドキしてしまうほど魅力的だ。

だけど、自身の身体を包み込むように抱きしめてくれる熱が心地よくて、まだこの熱に包まれていたいと思ってしまう。

寝返りを打ってその熱の元に抱きつくと、クスクスと楽しげな笑い声が聞こえてきた。

「珍しいな、鈴乃が寝起きが悪いなんて」

額に唇の柔らかくて温かな感触がする。そのあとには、頬や耳元に触れてきた。

それがまた心地よくて、再び微睡(まどろ)みたくなってしまう。

一度は覚醒しようとしていた身体だったがウトウトと再び眠りに入ろうとしてしま

う。

しかし、それを妨げてきたのは情熱的な唇だった。

「っふ……んんっ！」

先程まで額や頬に触れていたぬくもりが唇に移ってきた。そう思った瞬間、口内に舌が入り込んできて、鈴乃の舌に絡みついてきたのだ。

驚いて目を見開くと、翔吾と視線が合う。情欲を含ませつつも、どこか悪戯っ子のように見えてドキッとした。

鈴乃が目を見開いたのを確認したあと、翔吾はゆっくりと唇を離していく。

唖然として何度も瞬きをし続ける鈴乃を見て、彼は美麗な笑みを向けてきた。

「おはよう、鈴乃」

「お、おはよ……ございます」

なんだか直視できないほど恥ずかしさが込み上げてくる。

心の準備をしていないうちにキスをされ、その熱で身体が疼いてしまった。

羞恥心でどうにかなってしまいそうだ。

だけど、もっと恥ずかしいと思ったのは、彼に寝顔をずっと見られていたことかもしれない。

——何か寝言とか言っていないよね？　もしかして、よだれとか垂れていたりしないよね？

慌ててシーツを手繰り寄せて顔を隠す。すると、彼はちょんちょんと鈴乃の頭を指先で突いてくる。

「ほら、鈴乃。顔見せて？」

シーツに包まりながら、首を振ってそれを拒否した。

とてもではないけれど、今は彼の顔を直視できない。

昨夜、彼に抱かれたあと、どうしたのか。寝起きの頭でなんとか思い出そうと必死になる。

化粧は落としただろうか。もし落としていなかったとしたら、現在ドロドロな顔面になっているかもしれない。

冷や汗をかきながら、順を追って思い出していく。

——えっと、一回してからお風呂に一緒に入って……。

そのときのことを鮮明に思い出してしまい、顔が熱くなってくる。

抱き合ったことで疲れてしまったため、すべてを翔吾が世話してくれたはずだ。

化粧を落とすのも、髪を洗うのも、身体を洗うのも……。

そして、極めつけが一緒の湯船に入ったことだ。

今までは一緒にお風呂に入ることが恥ずかしくて、翔吾に誘われても断っていた。

しかし、昨夜は激しく求められてしまい、お風呂に入る体力さえも残されていなかった。

そんな鈴乃を見かねた翔吾は、甲斐甲斐しく世話をしてくれたのだろうけど……。

こっそりと今の自分の格好を確認する。バスローブをきちんと着ているところを見ると、彼が着させてくれたのだろう。

羞恥のため、声にならない叫び声を上げたくなる。

シーツの中に隠れている鈴乃の心情など、彼には手に取るようにわかっているのだろう。

頭上からクスクスと楽しげな笑い声が聞こえてくる。まったくもって居たたまれない。

すると、シーツごと翔吾は抱きしめてきた。じんわりと伝わってくる彼の熱を感じて、またドキッとしてしまう。朝から心臓によろしくない。

「ほら、恥ずかしがっていないで出ておいで」

やっぱり彼はお見通しのようだ。ギュッと掴んでいたシーツから手をはずす。

鈴乃が抵抗するのをやめたことがわかったのだろう。翔吾はゆっくりとシーツを剥いでいく。

遮るものが何もなくなって真っ赤な顔で彼を見上げると、またしても笑われてしまった。

「そんなに恥ずかしがらなくてもいいのに」

「だって……」

恥ずかしいものは恥ずかしい。そう彼に伝えると、彼の唇は鈴乃の耳に近づいてくる。

そして、低く甘い声で囁いてきた。

「鈴乃のすべてはもう見ているのに？」

またしてもドキッと心臓が高鳴ってしまう。

確かに彼の言う通りではあるが、まだまだ慣れないのだから仕方がない。

顔を真っ赤にして恥ずかしがっている鈴乃を抱き起こし、翔吾は目尻にキスをしてくる。

「結婚したら、もっとすごいことするけど？　大丈夫？　鈴乃」

「っ！」

頭から湯気が出たのではないかと心配になるほど、一気に身体中が熱くなる。

硬直して項まで真っ赤に染めた鈴乃を見て、翔吾は忍び笑いをした。揶揄われたのだろう。

もうっ！　と彼の胸板を押したが、当たり前だけどビクともしない。

すると、「お返し」なんて言いながら、翔吾は背後から抱きしめてきた。

耳元で笑う声がくすぐったい。今もまだ真っ赤に染まっているであろう耳たぶに、彼はチュッと音を立ててキスをしてくる。

「本当、かわいいな」

「え？」

くすぐったくて肩を竦めているときに言われたので聞き取れなかった。

もう一度聞き返したが、なんだか照れた表情を浮かべるだけで教えてくれない。

首を傾げていると、彼は一度ベッドから降りてパンフレットを持ってきた。

「今日なんだけど……」

そう言いながらパンフレットを差し出してくる。

このホテルで行われるブライダルフェアのパンフレットだった。

よくよく見てみると、どうやら今日このホテルのバンケットルームで行われるらしい。

パンフレットを軽く見たあと、彼に視線を向ける。すると、ますます照れた様子で咳払いをした。

「さっきホテル案内のファイルから見つけたんだ。……これ、行ってみないか？」

「え？」

驚いて瞬きをすると、彼は恥ずかしそうにそっぽを向く。なんだか耳が赤く染まっているように見える。

「俺たち、婚約者になったんだし」

改めて言われると、くすぐったく感じる。それは翔吾も同じ気持ちのようだ。

二人して視線をそらして照れくささを隠しながらも、とても幸せな気持ちに浸ってしまう。

チラリと翔吾に視線を向けてみる。まだ彼は照れているようで、こちらを見ていない。

彼が着ているバスローブの裾を指で掴み、ツンツンと引っ張る。

それに気がついた翔吾がこちらを振り返ったのを見て、鈴乃は俯き加減で呟いた。

「……行ってみたいです」

「鈴乃」

「私たち、婚約しましたしね」

エへへと恥ずかしさを紛らわすようにほほ笑んで見せた。

すると、彼が急にベッドへ乗り上げてきて、なぜだかそのまま押し倒されてしまった。

驚愕して目を大きく見開いていると、彼がセクシーな表情へと変貌していく。

ますます驚く鈴乃を見て、翔吾は口角を上げて妖しくほほ笑んだ。

「そう、俺たちは婚約した。だから――」

彼は口を閉ざすと、覆い被さるようにキスをしてきた。

何度もキスをしたあと、耳元で囁いてくる。

「こんなにかわいい婚約者を、何度もかわいがりたくなるんだ」

息を呑んでますます身体を真っ赤にさせた鈴乃に、彼は再びキスを仕掛けてきた。


「うわぁ……！　すごいですね」

ブライダルフェア会場は色々なブースに分かれていて、たくさんのカップルが幸せそうにしている。

鈴乃も彼らのように手を繋ぎながら、会場へと足を踏み入れた。

彼と手を繋ぐだけで心が浮き立つのだが、今日は周りの雰囲気にも押されてよりウキウキしてしまう。

現在、午後二時。実はあのあとベッドに押し倒され、再び愛し合ってしまったのだ。チェックアウトをしたときにブライダルフェアのことを問い合わせをしたら、午後の部で予約できることになったのだ。

予約を済ませたあと、近くのカフェでランチを食べ、こうしてフェアへやってきた。

ホテル内にあるチャペルで模擬結婚式をするということで、二人でそのイベントに参加する予定だ。

この模擬結婚式ではホテルのスタッフが新郎新婦をしているらしいのだけど、なんだか感動してしまった。

本当のカップルじゃないんだぞ？　と翔吾に揶揄われたけれど、感動するのだから仕方がない。

多分、彼らに自分たちを投影してしまったのだと思う。

神父の前に翔吾と一緒に立ち、誓いの言葉を述べる。そんな想像をしてしまったら、ウルウルしてしまった。

こんな調子では本番はどうなってしまうのか。鼻をすすっていると、隣に座る翔吾が耳元で甘く囁いてきた。

「ウェディングドレスを着た鈴乃は、きっとめちゃくちゃかわいいんだろうな」

「っ」

まだデモンストレーションは続いている。それなのに、声を出してしまいそうになった。

そんな鈴乃を見て、シーッと唇に人差し指を当てたジェスチャーをする翔吾の目は笑っている。

ムッとしてそっぽを向くと、再び彼が近づいてきた。

「俺は嘘は言っていない」

驚いて彼の方に向き直ると、蕩けるような甘い雰囲気を醸し出しながらこちらをジッと見つめてくる。

顔を真っ赤にして身体を硬直させていると、彼は鈴乃の肩に腕を回してきた。

彼のコロンの香りがしたと思ったとき、そのまま彼に引き寄せられる。

「早く、鈴乃と結婚したい」

ドキッと一際心臓が高鳴った。恥ずかしくて耳まで熱くなってしまい、慌てて視線を落とす。

すると、彼は鈴乃を抱きしめていた手でゆっくりと頭を撫でてくる。

思わずこの状況に浸ってしまい、彼の腕の中で幸せを噛みしめてしまった。

どれぐらいそんなことをしていただろうか。

気がつけばデモンストレーションは終わっていて、模擬結婚式を見ていたカップルたちがチャペルを出ていく。

先程までは静まり返っていたチャペル内は、ざわついた雰囲気へと一気に変わった。

「私……。最後の方、全然見られませんでした」

「俺も」

どうやら翔吾も鈴乃と同様で、二人だけの世界に浸ってしまっていたようだ。

なんだか似た者同士だなと思っていると、翔吾と目が合う。

彼も同じことを思っていたのだろう。二人で顔を合わせると吹き出して笑ってしまった。

――なんか、とっても幸せ。

隣に翔吾がいて、一緒に同じ未来を見つめながら笑い合う。何気ないことかもしれないけれど、それが嬉しい。

「近いうちに、鈴乃のご両親に挨拶をさせてほしい。それに、うちの親と家族にも会ってもらいたいがどうだ？」

「はい！　もちろんです」

大きく頷いて幸せを噛みしめていると、目の前に大きな手が差し出された。

その手の持ち主である翔吾の顔を見上げると、彼は目元を緩ませて優しい表情でほほ笑んでいる。

「さぁ、行こうか。鈴乃」

「はい！」

その手に自身の手を置くと、彼はそのままエスコートしてくれる。

彼のぬくもりを手のひらから感じて、なんだかそれだけで泣きたくなるほど幸せだ。

目と目を合わせてほほ笑み合い、幸せの絶頂を噛みしめながら手を繋いで至福のひとときを一緒に過ごした。

＊　＊　＊　＊　＊

諸岡帆南は現在、とてもやさぐれていた。

婚活パーティーに出席したのはいいが、気に入る男性は一人としていなかったからだ。

全然ハイスペックでもないくせに、何を勘違いしているのか。

あれこれと自慢話ばかり繰り返す男たちに腹が立ち、むしゃくしゃしたまま会場を飛び出してきたのだ。

すぐ近くにあるこのシティホテルのアフタヌーンティーが美味しいので、ここで自棄食いだとやってきた。

だが、なんとホテルは現在ブライダルフェアの真っ最中だった。

自分に対しての当てつけか。ますます苛立つ気持ちが湧き起こってきて、物に当たり散らしたくなる。

怒りに任せてロビーにあるソファーに勢いよく腰を下ろす。

「あーあ。どこかにいい男落ちていないかしら」

働く必要なんてなかったのにCAになったのは、ハイスペックな男性と出会う確率が高いと聞いたからだ。

しかし、実際は希望するような男性はなかなかいなくて、結局婚活パーティーに行くはめになっている。

パンプスが脱げそうになりながらも、足をブラブラと揺する。

やさぐれた気持ちは、それでも落ち着いてはくれない。

――いい男っていうのは、パイロットの杉園さんみたいな人を言うのよ。

彼はいい。容姿はいいし、家柄もいい。頭もいいし、まさにパーフェクトだ。

自分の隣に立つにふさわしい相手。でも、残念ながら彼を手に入れることはできなかった。

ずっと狙っていたのに、彼が選んだのは帆南の友達――のふりをしていただけだが
――辻本美保だった。

翔吾としては家のための政略結婚という立ち位置で婚約したようだが、美保は違う。

彼女は翔吾に一目惚れをしていた。だからこそ、翔吾と結婚ができると喜んでいたのだ。だけど――。

――私が潰してやったのよねぇ。

憂さ晴らしとばかりに、内心で笑う。

美保は知らないのだ。帆南が二人の破局を仕組んでいたことに。

婚約をし、あの頃の美保は幸せの絶頂だっただろう。

しかし、翔吾は世界を駆け回るパイロットだ。なかなか日本にいる時間が少ない。

それが原因で、美保は次第に不安の方が大きくなっていく。

その不安を煽るように、根も葉もない翔吾の噂を彼女の耳に入れたのは帆南だ。

そして極めつけが、美保に片想いをしていた男性がいると知り、その男性を煽った。

彼女の婚約者はとんでもない男だ。だから、貴方が美保を助けてあげなくちゃいけない、と。

そのあとは、本当に簡単だった。

不安に潰されそうになっていた美保をお姫様のごとく労る男。

次第に美保はなかなか会いに来てくれない婚約者よりも、自分を優しく包み込んでくれる男に気持ちが傾いていった。

そこからは、もう帆南が手を出す必要などなかった。

二人は愛を募らせ、ついに美保は翔吾よりその男を取ったのだ。しかし……。

――そう、ここから私の出番だと思ったのに……。

ギュッと手を握りしめる。昨日ネイルサロンへ行って、綺麗にネイルを施した爪が肌に刺さった。

だが、その痛みよりも苛立ちの方が勝る。

帆南が再度声をかけてやったのに、翔吾は顔色一つ変えずに相変わらずクールな態度で自分を振ったのだ。今、思い出しても腹が立つ。

だからこそ、社内に嘘の噂をまき散らしてやったのだ。杉園翔吾はバツイチだ、と。婚約をしただけで翔吾と美保は籍を入れていなかったのは知っているが、そんなホラ話をあたかも真実のように広めてやった。

あのクールな表情を歪めてみたい。その一心だったのに、あの男は慌てることもなく、挙げ句の果てには噂を一切否定しなかったのだ。

まったくもって腹立たしい男だ。帆南にひれ伏せば、すぐにそんな噂なんて払拭してあげたのに。

それからはかわいさ余って憎さ百倍ではないが、翔吾を見て熱を上げる新人たちに対して『彼はバツイチで、ろくでもない男だからやめておいた方がいい』と嘘を吹き込んでいるのだが……。

「ああ、もう。やっぱりアフタヌーンティーはやめよ」

優雅にお茶をする気にもならない。どちらかといえば、アルコールを入れて気分を切り替えた方がいいだろう。

ソファーから立ち上がると、ホテルマンが声をかけてきた。

このホテルの総支配人である久留米だ。彼はこのホテル系列全てを支配している久留米家の長男である。

「これは諸岡様。お久しぶりでございます」

「まぁ、久留米さん。お久しぶりですわね」

咄嗟に笑顔を浮かべて、淑女を装うと挨拶を交わす。

我が諸岡家は大企業の経営者一族であり、久留米家とは所謂昵懇というやつだ。多少の融通なら利かせてくれるだろう。

今から部屋を取り、シャンパンでも開けたい。

そう告げようとしたとき、目に飛び込んできたのは予想もしていない現実だった。

――どうして、杉園さんがブライダルフェアに……？

それも、彼の隣には小柄な女性がいる。彼はその女性と手を繋ぎ、見たことがないような優しい笑みを浮かべていた。

叫びたくなる衝動に唇がわなないてしまう。

「どうかされましたか、諸岡様？」

心配そうに声をかけてきた久留米に、愛想笑いを浮かべる。

「今日はこちらでブライダルフェアを開催しているのかしら？」

「はい。予約者限定のフェアでしてね。ほら、昨日はバレンタインデーだったでしょう？　このホテルのバレンタインデープランを利用してくださった方も多く参加してくださっているのですよ」

「そうなのですね。盛況で何よりですわ」

にっこりと笑って心にもないことを言うと、久留米は「ありがとうございます」と恭しく会釈をした。

しかし、今の帆南にとっては、そんなことはどうでもいい。

問題は、翔吾の隣にいる女性についてだ。

こんなふうにブライダルフェアに参加しているぐらいだ。

あの二人は結婚を約束している段階にあるということかもしれない。でも、裏を返せば……。

——まだ、結婚していないってこと。いくらでも二人の仲を引き裂くことは可能ね。

久留米に差し障りない挨拶をして別れ、すぐさまホテルを出る。

バッグの中から携帯を取り出し、父の秘書に連絡をした。

「帆南よ。ちょっと調べてもらいたいことがあるの」

ちょうどロータリーに停まっていたタクシーに乗り込んでドライバーに行き先を告

げたあと、後部座席にふんぞり返って会話を続ける。

「久留米家の長男が総支配人をしているホテルがあるでしょ？　……ええ、そこで今ブライダルフェアをしているのだけど――」

久留米にブライダルフェアの参加名簿を見せてもらうという手もあったが、それではあまりに品がない。

あくまで自分は〝育ちのいいお嬢様〟でいなくてはならないから、直接動くことはしない方がいいだろう。

父の秘書に陰で動いてもらって名簿を確認し、翔吾と一緒にいた女の素性を探った方がいい。

その旨を秘書に伝えたあと、通話を切る。

――ああ、もう！　苛々する!!

翔吾とあの女の幸せそうな笑顔が脳裏にこびり付いていて消えてくれない。

苛立ちが収まらなかったが、数日後彼女の顔は意味深な笑みをたたえていた。

帆南は自宅マンションでソファーに腰掛け、書類をペラペラ捲る。

「あら、素敵な三角関係だこと」

父の秘書から届いた報告書を見て、思わず笑い声が出てしまう。

あの女を一途に想っている男がいるらしい。それも、翔吾の身近にいるなんて。

面白いことになりそうねぇ、そう呟く帆南の目は好奇心でいっぱいだ。

「私をあっさり振っておいて、あんなどこにでもいそうな女と結婚しようだなんて」

脳裏に思い浮かぶのは、愛しくも憎らしい翔吾の顔だ。

ギュッと手を握りしめ、怒りに震える。持っていた報告書は無残にもグチャグチャになった。

「私が、あんな小娘に負けるなんて……！　プライドが許さないわ」

しわだらけの報告書を床に叩きつけ、怒りで顔を紅潮させる。

——さぁ、どうしてやろうかしら。

帆南は真っ赤に彩られた唇を醜く歪めた。

8

——翔吾さんに会うのは、二週間ぶりだ！　嬉しい！

今日は、二月最終日の金曜日。一週間の疲れが出てもおかしくはないのだけど、今日の鈴乃はひと味違う。久しぶりに翔吾と会えるからだ。

二週間前のバレンタインデーの夜を思い出すと、今も身体全体が熱くなってしまうほど羞恥に焦がされてしまう。

火照ってしまった頬を手で覆い、熱を冷ます。冷たい手が今は心地がいい。

翔吾はあのあとから仕事がとても忙しかったり、鈴乃の方に用事があったりと二週間会えずじまいだった。

でも、今日は久しぶりに会える。それが嬉しくて、思わずスキップしてしまいそうだ。

しかし、今日は二人きりではない。彼が心を許している後輩に鈴乃を〝婚約者〟として紹介したいと言われているからだ。

それを聞いたとき、彼と結婚をするのだと実感が湧いて嬉しかった。

だが、やはり緊張する。翔吾の知り合いに会うのは初めてだからだ。

それも、彼の婚約者として紹介されると思うとドキドキしてしまう。

翔吾の顔に泥を塗るわけにはいかない。気合いを入れなくちゃと、今夜のことが決まったときから意気込んでいたのだ。

今度彼のご両親とも会うことが決まっているが、そのときは今以上に緊張するのだろうなと苦く笑った。

ふぅ、と深呼吸をして、気持ちを和らげようと必死になる。

携帯を取り出し、時間を確認した。翔吾は少し前にフライトを終え、空港にいるはず。

今夜は、翔吾と待ち合わせをして予約しておいてくれたというレストランに行き、彼の後輩と会うことになっている。

「うふふ、楽しみ」

緊張はするものの、まずは翔吾と久しぶりに会えることが何より嬉しくて堪らない。

心の声を思わず呟いてしまい、慌てて口を閉ざす。

すぐにニヤけそうになるのをグッと堪えながら、待ち合わせ場所である空港ターミナルの入口までやってきた。

だが、少しだけ気になっていることがある。今夜のことを電話で話したときの翔吾が意味深なことを言っていたからだ。

『会ったときに話しておきたいことがあるんだ』

そんなふうに言っていたが……、きっと結婚後の話なのだろう。

仕事が忙しくかなりの頻度で家を空けることになる翔吾だ。新居について色々と考えている様子だった。

今後も忙しくなるから寂しい思いをさせてしまうかもしれない。

結婚前に今一度、確認のつもりで言われるのだろうか。

彼がいないマンションで鈴乃一人きりというのは、やはり不用心だと翔吾は危惧しているのかもしれない。

彼が心配してくれるのはありがたいが、鈴乃としてはある程度の覚悟はしている。

だから大丈夫だと彼には伝えるつもりだけど……。

――翔吾さんって、結構心配性だからなぁ。

そんなところにも彼からの愛を感じて嬉しくなってしまう。

最近はお互い忙しくしていたが、来月にまとまったお休みを取る予定で動いている。

思い出の地であるシンガポールに旅行へ行く予定を立てているからだ。

っている。


今回は日本から同じ飛行機に乗って、一緒にシンガポールの地に降り立つことにな
もちろん宿泊するのは、あのホテルだ。

今年に入ってから少しずつ準備を重ねているのだけど、今から楽しみで仕方がない。

旅行の話も今日できるといいな。そんなふうに心躍らせながら時間を確認する。

翔吾はそろそろオフィスから出てくるはずだ。ドキドキしながら彼の到着を待っているると、急に声をかけられた。

「失礼、貴女が杉園さんの再婚相手よね？」

「え？」

鈴乃の前に立ち塞がったのは、目を瞠るほどの美人だった。モデルかと思うほどスタイルがよく、綺麗な顔立ちをしている。

いきなりの登場でビックリしたが、すぐに先程の彼女の発言を思い出して顔が強ばる。

——今、この人。なんて言った？

ドクンドクンとイヤな音を立てて、心臓が騒ぎ出す。

〝杉園さんの再婚相手〟。彼女はそう言わなかっただろうか。

聞き間違いかもしれない。いや、聞き間違いであってほしい。

聞き返そうとしたが、彼女は畳みかけるように続ける。

「彼が今度再婚する相手を待たせているなんて慌てていたから、ビックリしたのよねぇ」

やはり〝再婚〟と言った。頭の中が真っ白になって、彼女に問いかけようとしていたことも頭から消えてしまう。

呆然としている鈴乃を見て、彼女の綺麗な薄い唇が弧を描く。

「私は杉園さんの同僚、諸岡よ。よく彼のチームでフライトしているから、彼とは親密な関係なの。なんでも彼は私に相談してくるからね」

どうやら目の前の彼女は、翔吾と同じ航空会社のCAなのだろう。

三年前、翔吾に絡んでいた女性が彼女だったかもしれない。

そこまでは理解できたのだが、不安要素ばかりが脳裏を過って考えがうまくまとまらない。

翔吾と親密な関係というのも聞き捨てならないが、今は何よりもっと気になるワードを諸岡は言わなかったか。

胸が苦しい。不安で押し潰されてしまいそうだ。

震える唇をなんとか動かしながら、目の前の彼女に問いかける。

「あの……、再婚って？」

青ざめている鈴乃を見て、彼女は大げさに慌てて見せた。

「あら？　杉園さんが初婚だと思っていたの？　彼はバツイチなのよ」

「バツイチ……」

ポツリと呟くと、諸岡は口に手を当て、驚いたように目を丸くする。

「もしかして、知らなかったの？　杉園さんがバツイチだということは、社内で知らない人はいないのに。まさか、婚約者が知らないなんて……」

翔吾がバツイチだということは、彼の周りの人間なら誰でも知っていることなのか。

――知らないのは、私だけ……？

いやでも、と小さく首を横に振る。

もし、彼がバツイチだったとしたら、翔吾と付き合うことになったと富貴子に報告をしたときに彼女なら教えてくれたはずだ。

それがなかったのだから、彼はバツイチではないだろう。

そう思うものの、社内では公然の事実のようになっているらしいこの現状はどう理解すればいいのか。

なかなか考えを整理できないでいると、諸岡は聞きたくもない情報を伝えてくる。

「悪い人ねぇ、杉園さんったら。それじゃあ、バツイチになった原因も知らないのかしら？」

「原因、ですか？」

「ええ。彼はね、結婚相手に飽きたからって一方的に離婚届を送りつけたのよ」

そんなのは絶対に嘘だ。彼がそんなことをするはずがない。

責任感が強い人だ。そんな無責任なことはしないだろう。

首を横に振りながら、鈴乃は彼女に断固として反論する。

「そんなのは嘘です！」

むきになる鈴乃を見て、諸岡は憐れんだ視線を向けてきた。そして、どこか傲慢な態度で顎をそらす。

「嘘だと思うのなら、そう思っていればいいけれど」

長い髪をクルクルと指に巻き付けて、もったいつけた口調で続ける。

「貴女は何日もつのかしらね。前妻との結婚生活もあっという間に終わったのよ」

嘘だ。もう一度、彼女に言いたかった。

しかし、そう言うだけの材料が鈴乃にはない。

翔吾がバツイチだなんて話は初耳であり、寝耳に水だからだ。

ギュッと手を握りしめて感情を抑え込もうとしていると、諸岡は近づいてきて耳元で告げ口をするように言ってくる。

その口調はどこかこの状況を楽しんでいるようにも聞こえ、不快感に眉を顰めた。

「私は忠告しに来てあげただけ。部外者の話を信じるのか、杉園さんの話を信じるのか。それは貴女が決めることですものね」

彼女は言いたいことだけを言って離れていく。

だが、彼女が纏っていた香水の香りが今も残っていて、ずっと彼女に囚われているような感じがしてモヤモヤした。

キュッと唇を噛んで、不安と闘おうと必死になる。

でも、どうしたって弱い心は強烈なインパクトを残す不確かな情報に惑わされてしまう。

翔吾は、とても素敵な男性だ。過去にそういう人がいたとしても不思議ではない。

だけど、シンガポールでの一夜では、恋愛はここ数年ほとんどしてこなかったと言っていなかっただろうか。

あの話は、もしかして全部嘘だったとしたら……彼に騙されていたということになる。

――まさか結婚していたなんて。それも、彼から離婚を突きつけた……？

鈴乃が今まで見てきた翔吾は、そんな不誠実なことをする人ではない。

そう思う一方、不都合なことは隠して、鈴乃を弄ぼうとしているのだろうかと思ってしまう。

そんな考えたくもない不安が、どうしても消えてくれない。

――ううん、私は翔吾さんを信じる！

自分が見てきた彼を信じよう。翔吾はいつも鈴乃に対して誠実な態度を示してくれていた。そう思っている。

もし、諸岡が言っていたことが本当だったとしても、何か事情があるに違いない。

「私は信じません！」

不安と戦いながらも、目の前の彼女から距離を取る。

諸岡は「あら？」とどこか好戦的な笑みを浮かべて、その真っ赤に彩られた唇を妖しげに緩ませた。

面白い、と言わんばかりの目を向けてくる彼女に、鈴乃は今の自分の気持ちを吐き出す。

「そんなのデタラメです。翔吾さんは、私に嘘なんてついていません。もし、バツイチだったとしても、彼なら包み隠さず話してくれるはずですから」

この気持ちは譲れない。そう断言しようとしたときだ。背後から翔吾の声が聞こえた。

「諸岡、どういうつもりだ?」

その声は、とにかく冷たい。ゾクリと背筋が凍るような声色に、諸岡の表情は一気に険しくなっていく。

慌てて振り返ると、そこには静かに怒りを見せている翔吾がいた。

彼は鈴乃の隣に立ち、肩を抱き寄せてくる。

彼の体温を感じた瞬間、フッと身体から力が抜けていくのがわかった。

やはり翔吾の隣は安心できる。縋るように身体を密着させると、彼はより鈴乃を強く抱きしめてくれた。

そんな二人の様子を見て、諸岡はその真っ赤な唇を歪ませている。

翔吾は威圧的な空気を漂わせながら、彼女に対峙した。

「もう一度、聞く。彼女になんの用があって声をかけた?」

諸岡は翔吾を見て口角を上げると、腕組みをしてあざ笑う。

「あら、私はただ貴方の結婚相手に真実を伝えただけよ？　社内で広がっている噂を教えてあげただけ」

そう言うと、彼女は鈴乃を見てにっこりと笑う。その笑みが心底恐ろしく感じて、意図せずとも身体が震える。

だが、その震えもすぐに収まった。翔吾が諸岡から守るように、抱き寄せてくれたからだ。

鈴乃が緊張を緩めたのを見て諸岡が面白くなさそうに顔を歪めると、翔吾は盛大にため息をつく。

「君は知っているだろう？　俺はバツイチではないことを」

「……」

何も言わない諸岡に、翔吾は追及の手を緩めない。

「否定して回るのが面倒で放置しておいたが……。俺を陥れたいと思うのは勝手だが、彼女に関わるのならば容赦しない」

無言を貫いていた諸岡だったが、分が悪くなったのだろう。

翔吾を鋭い目で睨み付けたあと、ハイヒールの音をカツカツと立てて足早に立ち去ってしまった。

諸岡が去ったことで、ようやく緊張の糸が緩まる。キュッと翔吾にしがみつくと、

「鈴乃、大丈夫か？」と両腕で力強く抱きしめてくれた。

「大丈夫、です」

「無理しなくていい。怖かっただろう？　俺のせいで悪かった」

諸岡から守れなくてごめん、と何度も謝ってくる。

心底落ち込んでいる様子の彼を見て、大いに慌ててしまった。

翔吾は何も悪くない、そう伝えると、彼は目を見開いたあと、やっぱり困ったような弱り切った表情を浮かべる。

その表情に、どうしてだか違和感を覚えた。

翔吾は腕の中から鈴乃を解放すると、腕時計を確認する。

「待ち合わせの時間まで少しある。レストランに行く前に、話したいことがあるんだが、いいか？」

はい、と承諾すると、彼は鈴乃を連れて展望デッキへとやってきた。

日が落ちて薄暗くなった展望デッキからは、離着陸をする飛行機が見える。

二人はベンチに座り、その光景を静かに眺めた。

冷たい風が肌を突き刺してきてブルルと震えると、翔吾は「悪い、寒いよな」と言

いながら自身が着ているコートの前を広げ、その中に鈴乃を包み込んだ。

すっぽりとコートの中に入った鈴乃を、翔吾はよりきつく抱きしめてくる。

彼に直接抱き寄せられ、体温が伝わってくる。恥ずかしくなって、頬が赤く染まってしまう。

「誰かに、見られちゃうかも……」

ここは彼の職場近くだ。知り合いだってたくさんいるだろう。

こんな姿を見られでもしたら、後々厄介なことにならないだろうか。

そんな心配をしたのだが、彼は首を横に振ったあと、もっと密着するように鈴乃を抱きしめてきた。

「見られたっていい」

「翔吾さん？」

「見せつけてやりたいんだ」

そう言ったあと、「そんな資格はないかもな」と小さく言う。

彼の声はどこか切実で、そしてなぜだか落ち込んだようにも聞こえる。

翔吾が心配になり、彼を腕の中から見上げると視線が絡み合う。その瞬間、彼は表情に憂いの色を見せてきた。

首を傾げて労ると、彼はぽつりと呟く。

「実は、俺は一度婚約をしたことがある」

ズキッと胸の奥が痛む。彼は他の女性と結婚を考えていたときがあったなんて……。

苦渋を滲ませて言う翔吾を見つめると、彼は諸岡の件も踏まえて過去の話を告白し出した。

パイロットになる夢を捨てきれなかった翔吾の代わりに家を継いだのは彼の弟だ。

そんな恩義がある弟に政略結婚の話が浮上してしまった。

結婚を渋る弟を見て、翔吾が代わりに結婚をすると名乗りを上げたという。

決断をしたのは、弟に借りを返すためだ。

「あの頃の俺は愛にも恋にも魅力を感じなくて……。結婚に夢なんてなかった。だから、安易に弟の身代わりを申し出た。だが、それは間違っていたんだ」

後悔を滲ませる彼を見て、胸がギュッと締め付けられる。

咄嗟に彼の手を握りしめると、彼は困ったように眉尻を下げた。

政略結婚を承諾したことを、翔吾はとても後悔しているようだ。

彼は仕事が忙しくて婚約者になった彼女を大事にしてあげられず、そんな彼女は婚約期間中に他の男性に恋をしてしまい破談となったようだ。

この前の電話で『話したいことがある』と言っていたのは、この件だったらしい。

結婚前には、過去のことを鈴乃にきちんと話すべきだと思っていたようだ。

ただ内容が内容のため、なかなか言い出す勇気が出なかったと彼は謝ってくる。

これが原因で別れを告げられるかもしれない。そう思うと怖かった、と正直な気持ちを伝えてきた。

かなり落ち込んでいる彼に、気になったことを問いかけてみる。

「その女性は今、どうされているんですか?」

鈴乃が聞くと、彼は儚(はかな)くほほ笑む。

「その男性と結婚をして、幸せになっている。先日、子どもが生まれたらしいよ」

それを聞いて少しだけ安堵した。ホッとしていると、翔吾は今飛び立とうとしている飛行機を見つめながら口を開く。

「人として、男として。彼女にもっと誠意ある対応をしなければならなかった。すごく後悔している。だから、恋愛も結婚もするつもりはなかったんだ」

飛び立った飛行機を見つめながら、鈴乃の手をギュッと握りしめてきた。

その飛行機が小さくなっていくのを見届けたあと、彼の視線は鈴乃へと向けられる。

「でも、鈴乃に出会ってその考えを変えた」

「翔吾さん」

熱い眼差しは真剣そのもので、ドキッと胸が高鳴る。

息を呑む鈴乃の手を大事なモノを扱うように恭しく持ち上げて、手の甲に唇を押しつけてきた。

「鈴乃と一生一緒にいたい。そう思った。だから――」

鈴乃の目を見つめながら、今も彼の唇は手の甲に触れている。

その真摯すぎる目を至近距離で見ることになり、より心臓の鼓動が速まっていく。

「俺はもう二度と同じ過ちは繰り返さない。絶対に鈴乃を幸せにする」

「翔吾さん」

「絶対に、大事にするから」

彼の決意を聞いて、涙が浮かんできた。

小さく頷くと、彼は涙声で伝えてきた。ありがとう、と。

その声を一生忘れない。

鈴乃はそう思いながら彼を抱きしめたあと彼のコートの中から飛び出して立ち上がり、彼に手を差し出す。

「ほら、そろそろ行きましょう！　待ち合わせの時間に間に合わなくなっちゃいますよ」

難しい顔をしていた翔吾だったが、ゆっくりと表情が柔らかくなる。

なんだか泣き出してしまいそうな顔をしたあと、彼は鈴乃に手を伸ばした。

＊＊＊＊

待ち合わせのレストランは空港近くのホテル内にあり、そこでは人懐っこい笑みを浮かべ、翔吾の後輩である神田が待っていた。

緊張しつつも挨拶を交わしたが、彼はとてもフレンドリーな人で翔吾のことをとにかく尊敬しているのが伝わってくる。

神田が鈴乃のことを好意的に受け入れてくれたのでホッと胸を撫で下ろす。

横に座る翔吾に視線を向けると、彼は「ほら、大丈夫だっただろう?」と優しげな眼差しでこちらを見つめていた。

こくんと一つ頷いて安堵した様子を見せていると、真向かいに座っている神田が頬杖をつきながら唇を尖らせている。

「ほらほら、そこの二人。独身で彼女がいない俺の前でイチャイチャしないでくださーい。拗ねますよ？」

ニヤニヤと笑いながら茶化してくるので、咄嗟に翔吾から視線をそらして頬を赤らめた。

そうすると、「鈴乃さん、かわいい！　先輩ではなくて、俺と結婚しませんか？」とますます弄ってくるものだから困ってしまう。

「おい、神田。帰るぞ？」

「うわぁ、待ってくださいよ。冗談ですって。幸せな先輩を見ることができて嬉しいんですから、大目に見てくださいよ」

二人のやりとりを見ていても、いい先輩後輩関係が築けているのがわかる。

ほほ笑ましく思えて、思わず頬が緩む。

翔吾と神田のやりとりを見ているだけでも、なんだか朗らかな気持ちになった。

——よかった。翔吾さん、神田さんと話したら元気が戻ってきたみたい。

翔吾は過去の出来事を懺悔したあと、富貴子がどうして鈴乃に翔吾との交際を止めてきたのか、その理由を教えてくれた。

翔吾の一方的な感情だけで、婚約者を切り捨てた。そんなふうに富貴子は思っていたようだ。

それで合点がいった。あれほど彼女が翔吾と付き合ってはダメだと言っていたのは、そういう理由があったからなのだろう。

富貴子には、鈴乃と付き合うという連絡を入れたときに婚約破棄の真実を話したらしい。

どうして話してくれなかったのかとかなり怒られたようだ。

だが、これ以上誰かにあの婚約破棄について理由を話すつもりはない。そう翔吾は強く言い切っていた。

どこでその情報が漏れ、元婚約者に被害が及ぶかわからない。だからこそ、真実は口外するつもりはないらしい。

元婚約者にできる、最後の償いだと彼は厳しい表情で言っていた。

しかし、あとでわかった話なのだが、この婚約破棄には諸岡が一枚噛んでいたという事実が浮き上がってきているらしい。

彼女に近しい関係者が口を滑らせたようだ。

翔吾は以前、諸岡からのアプローチに断りを入れているという。

どうやら、そのことを腹に据えかねているのではないか。そんなふうに思えるほど、彼女からのあたりが強いらしい。

真相はわかっていないが、諸岡を振った翔吾が許せなくてあの婚約を白紙にさせようと動いたのではないか。

そんなふうに感じることが多々あるようだ。

なんでも元婚約者と諸岡は友人関係で、彼女は元婚約者から相談を受けていたらしい。

そして、現在の夫である男性と元婚約者を引き合わせたのも、諸岡本人だったようだ。

当時、社内では翔吾が婚約をしていた事実を知る人物は誰もいなかった。翔吾が口外しなかったからだ。

それなのに、『杉園翔吾は、結婚相手に飽きたからすぐさま切り捨てた。今はバツイチ』という噂が社内に広がった。

噂の元を調べれば、諸岡があちこちで話していたという事実がわかった。

訂正しようと思えば、いくらでもできた。だけど、それをしなかったのは、翔吾は誰とも恋愛をしたくなかったから。

そんな悪評が流れれば、誰も近づいてこなくなる。そう思って、その噂を放置していたらしい。

しかし真実ではないことを言いふらされて、翔吾が傷ついていないか。

それが心配だという鈴乃に対し、彼は「大丈夫だ」と小さく笑っていた。

やはり見ている人は見ているから。そんなふうに翔吾は誇らしげにしていたのが印象深かった。

翔吾の人となりを知っている人は、それが嘘だということをきちんとわかってくれている。そう言いたかったのだろう。

そんな彼を見て、彼の周りには信用できる人がたくさんいるのだと知って嬉しくなった。

目の前の神田もそんな嘘に振り回されていない人物の一人なのだろう。

翔吾がここに来る途中の出来事を話すと、神田は怪訝そうに顔を歪める。

「ええ!?　また、あの人ですか?」

カトラリーを皿に勢いよく当ててしまい、「ごめんね」と慌てながら皿に置く。そして、心配そうに翔吾を見た。

「あの人、本当にいい加減にしてもらいたいですよね!　あんな噂、信じているのなんて入社して日が浅い社員だけですよ」

プリプリと怒ったあと、神田はニヤリと人が悪い笑みを浮かべる。

「まぁ、もっとも諸岡さんにとって脅威になりそうな年下のライバルを蹴落として、先輩にもう一度アタックしようとしているのかもしれませんけどね」

と言ったあと、ハッと我に返って鈴乃を見つめてきた。

その顔には「しまった！」という後悔の気持ちが滲み出ている。

彼は鈴乃に気を遣ってくれたのだろう。誰だって自分の彼氏や婚約者を狙っている女性がいるという情報を聞いたら、イヤな気持ちになるものだから。

ごめんね、と頭を下げる神田に首を横に振って「大丈夫ですよ」とほほ笑みかける。

「全部、翔吾さんから聞いていますから」

そう言うと、ゆっくりとその顔に笑みが戻ってきた。そして、今度は翔吾に厳しめな口調で言う。

「俺が言うのもなんなんですけど。先輩、嘘は撤回した方がいいです。鈴乃さんのためにも」

「ああ、わかっている」

深く頷く翔吾を見て安堵した様子だが、神田は不安そうに顔を曇らせる。

「まさか鈴乃さんにまでちょっかいを出すなんて……。あの人、まだなんかしでかしそうな気がしますね。先輩、気をつけた方がいいですよ」

「ああ。それに諸岡が鈴乃を知っていたというのも妙だ」

「確かに。あの人の実家は大企業経営をしているらしいから、何かの伝手を使って調べたのかも」

ありえるな、と翔吾がため息をつくと、神田は白い目で翔吾を見る。

「諸岡さんからの告白を断ったとき、冷たすぎたんじゃないんですか？　それで逆恨みしている説がありますけど？」

「うるさい」

身に覚えがあるのだろう。ふて腐れた翔吾は、神田を睨み付ける。

だが、そんなことは日常茶飯事なのだろう。神田に懲りたそぶりはない。

神田は鈴乃の方を見て、グッと親指を立ててニカッと清々しく笑った。

「鈴乃さん。諸岡さんの嫌がらせだから、心配はいらないよ。先輩は、鈴乃さんにラブラブだから。ね？　先輩」

神田が翔吾に視線を向けると、彼は「うるせぇ」とだけ言って水を呷った。

その横顔はどこか赤らんで見える。それを見て、神田と目配せをして笑い合った。

神田と別れ、翔吾とタクシーに乗って鈴乃の自宅マンションまでやってきた。

明日どうしても店の手伝いをしてほしいと両親にお願いされたため、今日は名残惜しいがここで翔吾とはさよならしなければならない。

タクシードライバーに待機してもらうよう伝えたあと、翔吾も一緒にタクシーを降りる。

「今日はごちそう様でした。それに、お土産までたくさんいただいちゃって」

鈴乃の手には、パリにフライトしていた翔吾からのお土産の品が入ったペーパーバッグがある。

嬉しくて声を弾ませると、彼は腰を屈めて顔をのぞき込んできた。

急に視線が近くなって、ドキッとしてしまう。

赤くなってしまった頬に、彼の大きな手のひらが触れてくる。より高まった熱を彼が感じ取っていないか。それが心配になった。

翔吾は鈴乃の目をジッと見つめ、決意を込めた口調で言う。

「近々、鈴乃のご両親に挨拶に伺いたい。伝えておいてもらえるか?」

「はい」

実はまだ、両親には何も伝えていない。鈴乃に恋人がいることも、そしてその彼からプロポーズされたことも。

そろそろ伝えようとは思っていたが、プロポーズされたあと母が風邪を引いてしまってそれどころではなかったからだ。

母は全快したし、こうして翔吾が挨拶をしに来てくれるというのならば早めに行動に移した方がいい。

笑顔で頷くと、どこかホッとした表情を彼は浮かべた。

そして、頬をひと撫でしたあと「じゃあ、おやすみ」と言ってタクシーに乗り込んだ。

そんな彼を見送ったあと、いつ両親に告白しようかと考えながら部屋へと向かった。

9

「うぅ、寒い……」

コートの襟を立て、突き刺すような冷たい風を凌ごうと必死になる。

暦の上ではすっかり春なのだが、まだまだコートが手放せない。

数日前に母から電話がかかってきて『今度の日曜日、仕事を手伝ってくれない？』とお願いされた。

そういうことはときどきあるので、二つ返事でOKを出したのだけど……。

しかし、今までは父と母、どちらかが用事があって店番ができないときというのが相場だった。しかし、明日は二人とも店にいるという。

不思議に思って聞くと、『鈴乃をご指名なのよ』と母は意味深にほほ笑んだ。

確かに昔なじみの顧客の中には、鈴乃をかわいがってくれる人はいる。

だが、そんなふうに指名を受けることは今までになかった。

一体誰が店にやってくるのだろう。あれこれ考えてみても思いつかない。

電車を降りて、店へと向かう。途中、母が好きな和菓子屋さんに寄った。何かお茶菓子を買っていこうと思ったからだ。

鈴乃を指名しているというお客様にもお茶とお茶菓子をお出ししたい。

ショーケースをのぞき込むと、色とりどりの和菓子がたくさんある。

桃の節句に合わせた和菓子が目にも鮮やかだ。五つほど購入したあと、店へと急ぐ。

約束は十時。まだ時間に余裕はあるけれど、着物に着替える時間がほしい。

足早に店へと向かい、奥の座敷で着替えを済ませる。

なんとか間に合ったと思っていると、店の方が賑やかになった。来店予約をしていた人物が到着したのだろう。

姿見で装いをチェックしたあと、すぐさま店へと急ぐ。

そこにはスーツ姿の男性がいた。長身でスラリとした体躯、甘いマスクが魅力的な人だ。

しかしながら、その男性のことを思い出せない。

母が言う話では、鈴乃に接客をしてもらいたいという話だったはず。となれば、男性の方は鈴乃を知っているということになる。

――ええ？　誰だろう。思い出せ、私！

自身に発破をかけるのだけど、なかなか思い出せない。

ただ、どこかで会ったことはあるはずだ。喉元までは出ているのに、なかなか名前まで辿り着かない。

相手は店のお客様だ。こうして来店予約をしたところを見れば、かなりのお得意様のはず。

それも相手は鈴乃のことを知っている。それなのに、鈴乃が知らなかったでは済まされない。

冷や汗が背中を伝っていく。どうしようと慌てれば慌てるほど、頭の中が真っ白になってしまった。

その男性が突っ立っている鈴乃に気がついたようで、こちらに向かって柔らかい笑みを浮かべてくる。

「お久しぶりです。元気にしていましたか？」

「えっと、あの……」

母に救いを求める。すると、母はクスクスとおかしそうに笑っているばかりで助けてくれるそぶりはない。

――ちょっと、お母さんっ！

涙目になっていると、男性は鈴乃の目の前までやってきて優しく声をかけてきた。

「僕の母方の祖母が、このお店を贔屓にさせてもらっていてね。今日は注文していた着物ができあがったと聞いたから、僕が代わりに受け取りに来たんだ」

うちの祖母の名前は依子(よりこ)だよ、と言われて思い出す。

あの優しいおばあさんだ。彼は彼女の孫ということか。

おばあさんとは面識はあるが、孫である目の前の彼とは面識はない。

それなのに、どうして彼は「久しぶり」なんて顔を合わせたことがあるように言ってきたのか。

不思議そうに彼を見つめると、ちょっぴり意地悪な表情になって、「僕のこと、本当に覚えていない？」と聞いてきたのだ。

「えっと、あの……」

「このお店で会うのは初めてだけど。違う場所で君とは会ったことがあるんだよ」

冷や汗をかきまくっていると、彼はあからさまに悲しそうに視線を落とす。

「そうか……。僕は君に会えるのをとても楽しみにしていたのに」

「う……っ」

「僕ってそんなに印象に残らない、かな？」

罪悪感が半端ない。普通の人間なら、絶対に印象深く記憶に刻まれるほど美麗な顔をしている。

ごめんなさい、私が物覚えが悪いんです。そんなふうに土下座したくなる。

そんな鈴乃を見て、彼はプッと吹き出した。

クスクスと笑い出した彼を見て目を丸くしていると、彼は「あのときは、ありがとう」と言ってますます鈴乃を困らせてくる。

降参だ。申し訳ありませんが思い出せません。そう言って洗いざらい話して、謝ろう。

そう思っていると、目の前にハンカチを差し出された。

「遅くなったけど、ハンカチを返しに来たよ」

そのハンカチに見覚えがある。これは幼なじみとお揃いで買ったハンカチだった。

ハンカチの隅にはかわいらしい花の刺繍がしてあり、『スズノ』と名前も刺繍してある。

その店で購入すると有料にはなるのだが、刺繍をしてもらえるサービスがあるのだ。

見本を見て「かわいい！」と大絶賛した鈴乃たちは、刺繍をしてもらったのだが
……。

それを見て、二年前の出来事が、ゆっくりと戻ってきた。

「あ！　あのときのサラリーマンさん！」

驚きのあまり声を上げる鈴乃を見て、彼は嬉しそうに表情を緩めた。

二年前、夏。盛夏と言うのにふさわしい、それはそれは暑い日だった。

鈴乃は一人の男性を助けた。人間というよりは、なかなか警戒心を解かない手負いの雄虎と言うべきか。

ランチを外で済ませたあと、郵便局に用事があった鈴乃は同僚と別れて一人会社とは反対方向へと歩いていた。

途中、緑地公園があるのだが、郵便局へと行くのならそこを横切るのが最短距離だ。

ジリジリと肌を焦がすような炎天下を歩きながら、早くクーラーの効いた部屋に飛び込んでしまいたいなぁと真っ青な空を見上げて思っていた。

真夏の公園には、人っ子一人いない。

もう少し過ごしやすい季節ならば、付近にある会社の社員たちが昼食を取ったりしているのを見るのだが、今日は誰もいなかった。

誰も好んでこんな暑い中、外に出ようとは思わないだろう。

同感です、と心の中でひとりごちながら、ふと噴水の辺りを見たときだ。鈴乃の眉間にしわが寄る。

昔ながらの小さな噴水。そこに腰掛けているスーツ姿の男性がいた。

最初こそは、ランチを終えた男性が時間潰しをしているのかと思った。しかし、どうも様子がおかしい。

まず、猛暑日を記録し続けているのに、日陰でもなく日が当たる場所で座っていることに違和感を覚えた。

それにその男性は前屈みに座っていて、どこかグッタリとしているように見える。調子が悪そうだ。

郵便局へと向かおうとしていた足を一旦止めて、鈴乃は噴水の方へと方向転換をした。

恐る恐ると噴水に近づいていくと、より男性の様子が顕著になってくる。

やはり体調が悪いのだろう。顔色が悪い。青ざめているように見えた。

こんな暑い中、日を遮ることができない場所に座っていれば、暑さで顔が真っ赤になりそうだ。それなのに、青白い顔をしている。

心配で居ても立ってもいられなくなり、その男性に近づいた。

「あの……、大丈夫ですか?」

声をかけたのだが、返事がない。反応ができないほど、体調が悪いのだろうか。

鈴乃は慌てて、今度はもっと大きな声で話しかけてみる。

「あのっ！　大丈夫ですか⁉」

静かな公園には、鈴乃のテンパった声が響く。

すると、その男性はようやくこちらを見上げてきた。しかし――。

「大丈夫です。放っておいてください」

丁寧な口調だ。きちんと意識はあるようで、自分の意思でこの場に座っているのだろう。

しかし、突き放すような言葉を言いながらも、生気がない。

他人にあれこれ指図されたくない、構われたくない。そんな気持ちがヒシヒシと伝わってくる。

ふとすれば、このまま倒れてしまいそうな弱さを感じた。

でも……、と呟いたのだが、男性はそれ以降こちらから視線をそらして先程と同様で俯いてしまう。

彼の要望通り、放っておいた方がいいのだろうか。だけど……。

――やっぱり、このままじゃよくないよ！

このまま立ち去れば、ずっと彼のことを気にかけなくてはならなくなる。

それぐらいなら、鈴乃が今できることをしたい。

お節介だと怒られるかもしれないけれど、後味悪い思いはしたくなかった。

今もまだ彼は項垂れたままでいる。その姿を見て後ろ髪を引かれる思いをしながら、必死に足を動かす。

公園の近くにある自販機まで猛ダッシュをし、ミネラルウォーターを買った。

熱中症だったら塩分を含んだものがいいだろうけど、好みがわからない。水なら誰でも飲めるだろう。

ヒンヤリとしているペットボトルを持ち、再び噴水までやってきた。

依然として、彼は前屈みで項垂れたまま。

強がってみても、やっぱり体調があまりよくないのだろう。

鈴乃はそんな彼のそばまで行くと、しゃがみ込んでペットボトルを差し出した。

「ほら、これ飲んでください」

彼がチラリと鈴乃に視線を向けてくる。

その目を見て驚く。先程の荒立った雰囲気はなくなっていたからだ。

どこか申し訳なさそうに見える彼に、もう一度ペットボトルを差し出す。

「こんな暑い日に日が当たる場所にずっといたら、倒れちゃいますよ」

彼の唇が微かに動く。何かを言おうとしていることが伝わってきて、一瞬ドキッとした。

余計なことをするな。そんなふうに怒られたらどうしようと思ったからだ。

しかし、やはり最初ほどの勢いはなく、彼は「ありがとう」と小さな声で呟いたあと、鈴乃が差し出していたペットボトルを受け取る。そして、蓋を開けて飲み始めた。

ゴクゴクと喉を鳴らしながら飲む姿を見る限り、やはり水分不足だったのだろう。

そんな彼を見て安堵したあと、今度は近くの水道まで向かう。

バッグからハンカチを取り出し水で濡らして、再び噴水まで戻って彼の首筋にそのハンカチを押し当てる。

冷たかったのだろう。彼の身体がビクッと震えた。

「首筋を冷やすと暑さが和らぎますよ?」

ハンカチを首に巻き付けると、彼の顔から苦痛の色が少し消える。

それを見てホッとしていると、彼は急に頭を下げた。

「ごめん。僕、感じが悪かっただろう?」

鈴乃が最初に声をかけたときのことを謝っているのだろう。それに気がつき、首を横に振る。

「大丈夫ですよ。体調が悪いときは、誰だって同じです」

「そう？　君なら体調が悪くても優しいんじゃないかな」

ペットボトルに入っていた水をすべて飲み干したあと、彼は頭を下げてお礼を言った。

「本当にありがとう。助かったよ」

「いいえ。困ったときはお互い様です」

「いや、本当に助かった。ちょっと二日酔いで今朝からあまり身体の調子がよくなかったから。これで生き返った」

そう言って鈴乃が手渡したペットボトルを見せてくる。ほほ笑み返すと、彼は青い空を見上げた。

「ちょっと愚痴ってもいい？」

そう断りを入れたあと、彼は昨夜の出来事を話し始めた。

どうやら彼は上司と一緒に接待の場に行ったらしいのだけど、かなり強引にお酒を飲まされたようだ。

仕事の場であり、交流を深めるために必要なことかもしれないが、接待となると本当に大変そうだ。

時折相づちを打ちながら話を聞いていると、彼は「申し訳ない」と再び謝りだした。

「見ず知らずの女性に助けてもらった挙げ句、愚痴まで聞かせてしまったな」

人間弱っているときはダメだな、と彼は苦笑した。

「いいですよ。見ず知らずの他人だから話せることってありますよね」

にっこりとほほ笑んだあと、彼の顔を見つめる。血色がよくなってきたようだ。

よかったと思いながら、ふと我に返る。そろそろ会社に戻らなければならない。

「スミマセン。私、そろそろ会社に戻らなくちゃいけなくて。体調はいかがですか?」

「……」

「あの……?」

声をかけたのだが、彼からの反応がない。なぜだか、今度は顔が真っ赤になっていて微動だにしない。

心配になってもう一度声をかけると、「だ、大丈夫です」となぜか恥ずかしそうに言う。

どうしたのかと首を傾げていると、彼はどこか必死さを表情に滲ませた。

「そこの大通りでタクシーを捕まえるから大丈夫」

確かな足取りで立ち上がった彼を見て、鈴乃は安堵する。

これからすぐにタクシーに乗るらしいし、きっと大丈夫だろう。

「では、私はこれで。お大事にしてくださいね」

それだけ言うと彼に背を向ける。本当は郵便局に寄りたかったが、そろそろお昼休憩は終わりだ。会社に戻らなくてはいけない。

急いで立ち去ろうとすると、彼が呼び止めてきた。

振り返ると、彼は鈴乃のそばまで小走りでやってくる。

「君、イデアルカンパニーの社員だろう？」

「はい」

現在、鈴乃は会社の制服を着ている。それを見てわかったということは、うちの会社と取り引きしている会社の社員なのだろうか。

そんなふうに思っていると、彼は必死に懇願してくる。

「また、ここで会えないかな？」

「え？」

「今日のお礼がしたい」

彼は真摯な目で訴えてくるが、それを遠慮した。

「そんな、お礼をしていただくほどのことはしてませんし。ただのお節介焼きだと思ってくれれば――」

鈴乃が断りを入れようとしたのだが、それを阻止するように彼は言い募ってくる。

「いや、あの……そうだ。愚痴を聞いてほしい」

「え？」

まさかそんなことを言われるとは思わず、小首を傾げた。だが、すぐに先程のやりとりを思い出す。

彼はどうやら仕事に思い悩んでいることがある様子だった。

だからこそ、なんのしがらみもない、部外者である鈴乃に取り留めなく話がしたいのだろう。

「わかりました。私でよろしければお話を聞きますよ」

そんな軽い約束をした。だけど、お互い素性は明かさないという前提で。

彼は愚痴を話したいと言っている。それなら、何も知らない間柄の方が話しやすいだろうと鈴乃が提案したのだ。

彼はなぜかその意見に苦く笑っていたが、そこは彼のためにも譲れなかった。

次回の約束は緩い感じでランチの時間と決め、もし無理だったら来なくてもいい。

そんなルールを設けて。

結局、それから一回だけ公園で会ったのだが、そのあとからパタリと音沙汰がなくなり彼とはそれっきりになった。

＊　＊　＊　＊　＊

彼はおばあさんが注文した訪問着を取りに来たらしく、「立ち話もなんですから」と母は彼を奥の座敷へと案内する。

その間に鈴乃はお茶の準備をした。先程買ってきた和菓子に黒文字を添えて、煎茶と共にお盆の上に載せる。

彼が案内された座敷へと持っていくと、そこには母はおらず彼一人だけが座っていた。

二年ぶりだ。なんとなく照れくさく感じてしまう。

どうぞ、とお茶と和菓子を置くと「ありがとう」と彼はにこやかにほほ笑んだ。その笑みは、以前と変わりはない。

あれから会う機会もなく、時折どうしているかなと思い出すこともあった。

元々連絡先を交換していない上、お互い素性を明らかにしていなかったのだから会えなくても仕方がないと言えばその通りなのだけど。

「あのときは何も言わずに行けなくなってごめんね。……待っててくれていたのかな?」

「あ、はい。一応ひと月ぐらいは気にして公園に行っていたんですけど。お仕事が忙しくなったのかなって思って、それからは行かなくなりました」

彼は申し訳なさそうに頭を下げた。

「本当にごめんね。鈴乃ちゃんに一言海外に行くから会えなくなるって言いたかったんだけど、出国するまでに日にちがなくて会えなかったから」

「そんな! 私こそ、あの頃仕事が忙しくて昼休憩がなくて……。公園に行けなくてごめんなさい」

頭を下げると、彼は慌てて首を横に振る。

「いや、それこそ謝る必要はないよ。お互い、気が向いたときに公園で会おうっていうスタンスだったんだから」

彼はお茶を一口飲んだあと茶托に湯飲みを置き、スーツの内ポケットから名刺入れを取り出した。

そこから名刺を一枚取り出し、鈴乃に差し出してくる。

「もう、素性は明らかになったようなものだから。君に僕のことを話してもいいでしょう？」

確かにその通りだ。彼から名刺を受け取り、それに視線を落とす。

「杉園雅典です。改めてよろしく、鈴乃ちゃん」

「杉園雅典さん……？」

杉園という名字を聞いて驚く。翔吾と同じだったからだ。

もしかして血縁者なのか、遠縁で関係があるのか。

問いかけようとしたのだが、雅典はすぐさま話しかけてきて聞くタイミングを失ってしまう。

「うん。できれば鈴乃ちゃんには名前で呼んでもらいたいな。近しい間柄ってことで」

「近しい、ですか？」

「そりゃそうでしょ？　僕のプライベートの愚痴を聞かされた立場なんだから、鈴乃ちゃんは」

クスクスと楽しげに笑う彼を見て、「了解です」と笑顔で応える。

改めて名刺に視線を落とす。

杉園雅典。その名前の横にはイデアルカンパニー専務と記されていて、目を大きく見開いた。

「雅典さんは、うちの会社の専務に就任されるんですか？」

「うん。武者修行で成果を上げることができたから、なんとかね」

武者修行というのは、二年間の海外赴任のことを言っているのだろう。

彼は少しだけ照れくさそうに、だけど確かな自信をのぞかせていた。

確かに我が社の専務は体調が芳しくなく、勇退という形で役職を降りると聞いている。

そのポストに誰が座るのかと思っていたのだが、まさか彼――雅典だったとは。

「日本に戻ってイデアルカンパニーの専務に就任したら鈴乃ちゃんのことを探そうと思っていたんだけど。まさか僕の祖母が鈴乃ちゃんと知り合いだと知ってびっくりしたよ」

なんでも彼の祖母である依子は、彼に鈴乃との2ショット写真を見せたことがあるらしく、それで岩下呉服店の鈴乃とあの夏の日に出会ったイデアルカンパニーの女性社員が同一人物だとわかったようだ。

だいぶ前にわかっていたことのようだが「急に連絡したら鈴乃ちゃんを怖がらせて

しまうかも」と思って面と向かって話せる機会を心待ちにしていたという。

翔吾と富貴子が兄妹だと知ったときも世間は狭いと感じたが、再びこんなご縁が巡ってくるなんて。

驚いて固まる鈴乃を見て、雅典はなぜか探るような目を向けてくる。

「ねぇ、鈴乃ちゃん。実はちょっと小耳に挟んだのだけど、うちの兄、翔吾と付き合っているの？」

ハッとして彼の顔を見つめた。やっぱり、翔吾と雅典は兄弟だったのだ。

翔吾の家族には、富貴子しか会ったことがない。いずれ会うことになるとは思っていたが、こんな形で彼の弟と会うことになるとは思わなかった。

緊張と恥ずかしさで、顔が紅潮してしまう。キュッと唇に力を込めたあと、コクンと一つ頷く。

「はい、お付き合いさせていただいています」

頭から湯気が出てきそうなほど、顔が熱い。

熱を持っている頬を手で隠すと、雅典は一瞬目を見開いて驚いたあと、無表情になる。

その表情がとても冷たく感じられて、ドキッと胸がイヤな音を立てた。

先程までの温厚な雰囲気が一変、寒々とした色を浮かべた目が少し怖い。

何か失礼なことをしてしまったのか。それとも、翔吾の恋人が鈴乃では不満だったのだろうか。

「あの……、雅典さん？」

鈴乃が声をかけると、彼はハッとして我に返った。そして、すぐさま優しい表情に戻る。

そのことに安堵していると、彼は取り繕ったように早口で捲し立てていく。

「い、いやぁ……、まさかと思っていたんだけど。本当に兄さんと鈴乃ちゃんが付き合っていたなんて。ビックリした」

心底驚いた様子を見せる彼を見て、先程の表情は驚愕からきたものだったのだとホッと息を吐き出した。

「ビックリ……しましたか？」

「そりゃ、もう。うん……、嘘だと思っていたからね」

なんだか未だに動揺しているようだ。声が震えている。

そんなに驚かせてしまったことに申し訳なさを感じていると、彼は先程出したお茶を飲んだ。

「美味しいね、このお茶。久しぶりに緑茶を飲んだよ」

「そうなんですか？」

「うん。さっき日本に着いたばかりだったからね。ここ最近は海外支社と日本を行ったり来たりしていてね」

「え？　今日日本に着いたってことですか？」

驚いて目を見開くと、彼は困ったように頷く。疲れているところ、わざわざこの店に立ち寄ってくれたのだろう。

「お疲れですよね？　それなのに、わざわざお越しいただいてありがとうございます」

彼の祖母のために着物を取りに来たとも言っていた。優しい人だし、律儀な人だとも思う。

もう二年も前のことを気にかけて、忙しいさなか鈴乃に会いに来てくれたのだから。

「気にかけていただきありがとうございます、雅典さん。またお会いできて嬉しかったです」

心からの気持ちを告げたのだが、彼は少しだけ顔を曇らせる。そして、すぐに困ったようにほほ笑んだ。

「いや、ずっと君に会いたいと思っていたからね。こちらこそ、急にごめんね？」

そう言うと彼は急ぐように腰を上げると、着物の包みを持ち帰り支度をし始める。

「実はこのあと、用事があるんだ。もう少し鈴乃ちゃんとお話ししていたかったけど、そろそろお暇するね」

そそくさと部屋を出ていく彼のあとについていく。店の前には一台の車が停まっており、雅典が出てくるのを待っていた様子で運転手が後部座席のドアを開いた。

その車に乗り込もうとしている彼に、鈴乃は頭を下げる。

「お忙しいところ、お越しいただきありがとうございました」

「いや、こちらこそ急に押しかけてごめんね」

どこか切なそうな目でこちらを見つめてくる雅典を見て、「雅典さん？」と声をかけたが彼は小さく首を横に振る。

どうしたのかと問いかけようとした鈴乃に、彼はあの頃と変わらない笑顔を向けてきた。

「では、鈴乃ちゃん。また」

それだけ言うと、雅典を乗せた車は動き出す。

——どうしたのかな、雅典さん。

最後に見せてきた、あの表情が気にかかる。

やはり、翔吾の恋人として鈴乃では不服だったのだろうか。

胸の奥がチクンと痛むのを感じながら、彼を乗せた車が見えなくなるまでその場に立ち尽くした。

10

翔吾は、ゆっくりと一人の休日を過ごしていた。

久しぶりに土曜日がお休みなので、鈴乃と一日一緒に過ごしたかったというのが本音ではある。

しかし、残念ながら彼女は前々から両親に店の手伝いを頼まれていたらしく、断られてしまったのだ。

だが、それも仕方がないだろう。親孝行をしたいという鈴乃を止めたくはない。

——それに、印象を悪くしたくないからな。

近々彼女の両親と会うことを決めている。もちろん、結婚の許しを得るためだ。

鈴乃にはご両親にご挨拶したいと伝えてあるので、そう遠くない日に彼女の両親に会うことになるだろう。

そのときは緊張するだろうな、と苦笑いを浮かべ、昼ご飯を調達するために外に出ようとマンションのエントランスに降りた。

その瞬間、携帯の着信音が鳴り響く。

コンシェルジュと目が合い会釈をしたあと、ロビーに設置されているソファーに近づき携帯を取り出す。

ディスプレイを見ると、雅典からの電話のようだ。

「もしもし」

『兄さん？　今、日本にいるの？』

相変わらず元気そうな声を聞き、どこかホッとする。

ソファーに腰掛けながら返事をすると、これからの予定を聞かれた。

特に用事はないと言う翔吾に、雅典はどこか堅い声で言う。

『今から実家に来ないか？　話があるんだ』

「話って……電話でできない内容か？」

一瞬雅典が息を呑んだようにも思えたが、彼は明るい声で言う。

『ヒマならいいじゃん。たまには会おうよ』

たしかにここ最近はお互い忙しくしていて顔を合わせてはいなかった。

せっかくの誘いなので受けることにした。

実家には両親もいるかもしれない。この機会に鈴乃との結婚報告をしておこう。

「じゃあ、今から向かうから」とだけ伝えて電話を切り、携帯をジャケットのポケットにしまい込む。

足取り軽やかに部屋へと戻って準備を済ませたあと、すぐさま車を運転して出かけた。

だが、久しぶりの実家には、雅典だけしかいなかった。

鈴乃との結婚報告はまた後日に持ち越しだな、そんなふうに思いながらソファーに腰を下ろす。

すると、雅典が意味深な表情で見つめていることに気がつく。

怪訝に思って立ったままでいる雅典を見つめる。すると、どこか思い詰めた様子で翔吾を見つめてきた。

「ねぇ、兄さん。お願いがあるんだ」

「お願い？」

意図せず顔が険しくなった翔吾に、雅典は急に頭を下げだしたのだ。

「おい、雅典——」

どうしたのかと聞こうとした翔吾の声をかき消すように、雅典は頭を下げたまま訴えてきた。

「鈴乃ちゃんを、僕にください」

雅典の言葉が脳裏を駆け巡る。だが、どうも気持ちを整理できなくて頭が真っ白になってしまった。

――今、雅典はなんて言った……？

顔を上げた雅典を、唖然としたまま見つめる。すると、彼は熱の籠もった視線を向けてきた。

冗談や嘘ではないことはわかる。だが、どうして鈴乃の名前が雅典の口から出てくるのだろう。

何も言えずにいると、雅典は唇を噛みしめた。小さく息を吐き出したあと、意を決したように切り出してくる。

「先日、こんなものが送られてきてね」

そう言いながら一枚の写真を手渡してきた。その写真には、翔吾と鈴乃がほほ笑み合っている様子が写し出されている。

どうしてこんなものが、と疑問に思っていると、雅典は苦しそうに言葉を吐き出した。

「僕がずっと好きだった鈴乃ちゃんと……兄さんが付き合っているって。諸岡物産の社長令嬢がご丁寧に教えてくれたよ。兄さんの同僚なんだろう？」

諸岡が雅典に接近したと聞いて、先日の出来事を思い出す。

鈴乃を不安にさせようと嘘の情報を流したとき、諸岡の様子を見て何やらこれでは終わらないようなイヤな予感がしていた。

すでに火種を蒔いたあとだったからこその、あの態度だったのだろう。

何も言えずにいると、雅典はとても苦しそうに顔を歪めて訴えてくる。

「本当はこんなこと言いたくはない。だけど……だけど、鈴乃ちゃんだけはどうしても諦めきれない」

「雅典」

ギュッと手を握りしめながら、彼は嘆き苦しむ気持ちを爆発させる。

「僕はずっと鈴乃ちゃんが好きだったんだ。兄さんはそんな僕を助けるために、政略結婚に踏み切ってくれた。結局は破談になったけれど、とても感謝している。でも、あの頃から僕は鈴乃ちゃん一筋だった」

気持ちを噛みしめるようにしながら、雅典は切ない恋を思い出して顔を歪める。

「だけど、急遽海外支社に行かなければならなくなって……。身を引き裂かれるような思いで海外へ行って、やっと……、やっと日本に戻れることが決定してさ。これから鈴乃ちゃんを口説いていこうと思っていたのに！」

言葉を投げつけてきた雅典は、悔しさを表情に滲ませる。

「本当は、赴任先から彼女に連絡を取りたかったさ。だけど、何も始まっていない、口説いてもいなかった当時、何もできなかった。距離が縮まっていない、それも素性を明かしていない男が海外からできることなんて何一つなかった……。鈴乃ちゃんを怖がらせたくなかったから」

「雅典」

「鈴乃ちゃんはかわいいから、他の男に取られているかもしれないとは覚悟していた。そのときは、すっぱり諦めようと思っていた。だけど……」

ダンッ、という大きな音が静かなリビングに響く。雅典は壁を叩いて、どうしようもない現実に苛立ちを見せた。

「どうして、兄弟で同じ人を好きにならなくちゃいけないんだよっ！」

雅典の心痛がこちらにも伝わってくる。痛くて痛くて、だけどどうしようもない現実にただただ呆然としてしまう。

雅典もわかっているはずだ。翔吾が彼の邪魔をしようと鈴乃と恋に落ちたのではないということを。

当時、雅典からは「好きな女性がいる」とだけしか聞いておらず、その女性の名前も素性も教えてもらっていなかったからだ。

雅典からしたらまだ片想いの段階だったし、どうなっていくかわからないからこそ〝好きな女性〟の素性を翔吾には言えなかったのだろう。

雅典は片想いの彼女を思いながらも、仕事のため海外赴任しなければならなかった。苦しい胸の内を聞いていたからこそ、今のこのありえない現状に途方もしれぬ虚脱感があるのも理解できる。だからこそ、胸が痛くて辛い……。

「何か、言ってくれよ。兄さん」

涙目になり、雅典が見つめてくる。だが、何を言えばいいというのか。

今、口を開けば絶対に言ってしまう。

雅典の気持ちはわかるが、鈴乃だけは渡したくはない、と。

かわいい弟の恋を応援するつもりだった。だけど、無理だ。

弟の想い人が鈴乃だと知ってしまった以上、どうしても応援などできない。

揺るがない気持ちを抱きながら、覚悟を持って雅典を見つめた。

「悪い。鈴乃は譲れない……」

頭を深々と下げると、その頭上に雅典の激しい声が降り注いできた。

「鈴乃ちゃんと別れてくれよ、兄さん。僕がずっと片想いをしていたのは、鈴乃ちゃんなんだ。兄さんは僕の恋を応援してくれていたじゃないか！」

雅典だってわかっているのだろう。こんな状況になったのは、誰のせいでもないのだから。

ただ、納得がいかないのも本音のはずだ。

それがわかっているが、どうしても譲れない想いが翔吾にもある。

「……すまない」

雅典からのお願いに応えられないと言う翔吾を見て、雅典は壁に寄りかかりながら弱々しく懇願し続ける。

「鈴乃ちゃんと別れられないというのなら、兄さんはパイロットを辞めて会社を継いでくれ」

「雅典」

「兄さんは鈴乃ちゃんを得られるんだ。それぐらい、どうってことないだろう？」

「……」

「夢を取るか、鈴乃ちゃんを取るか。決断してくれ。もし、夢を諦められないと考えるのなら、僕に鈴乃ちゃんを譲ってほしい。どちらも都合よく手に入れたいと思っている生半可な気持ちな人に、彼女を渡したくはないから」

それだけ言うと、雅典はリビングを出ていこうとする。そして、扉の前で一度止まり、こちらを振り返ってきた。

「僕だって簡単には鈴乃ちゃんを諦められない。最後の最後まで足掻かせてもらうから」

「は……？」

目を見開いて驚くと、雅典は冷たい声で言い放つ。

「僕が最後に悪足掻きをする時間をくれてもいいよね？」

「ちょっと待て、雅典」

腰を上げて雅典を引き留めようとすると、彼は悲しそうに眉尻を下げる。

「兄さん、これぐらいは許してくれてもいいだろう？」

そう言うと、雅典はもう振り返らずリビングを出ていった。

ゆっくりとソファーに腰を下ろし、頭を抱える。

兄弟で同じ女性を好きになるなんて、想像したことなんてなかった。

翔吾にとって、かけがえのない家族である雅典。かわいい弟の恋路を純粋な気持ちで応援していたのに……。

「どうしてこんなことになったんだよ……」

翔吾の悲痛な声がリビングに静かに落ちた。

＊　＊　＊　＊　＊

「……緊張、する」

鈴乃は春らしいワンピースを着て、待ち合わせの場所にやってきた。

実は今日、これからお見合いだ。とはいえ、お互い破談前提ですることになっているお見合いだけれども。

全然乗り気ではないのだが、両親に泣きつかれてしまい渋々承諾してしまった。

昨日の土曜日、前日に翔吾と久しぶりに会ったことで気分が高揚しつつも前々から両親に頼まれていたので店を手伝うことに。

すると、二年前に知り合ったサラリーマンがやってきたのには驚いた。そして、その彼はなんと翔吾の弟だということで二度驚いたのだが……。

——絶対に、雅典さんは私を認めてくれていないよね。

大好きな兄の恋人が鈴乃だと知り、がっかりした様子だった。

いずれは家族となる人だ。そんな人に認められないという事実が悲しかった。

そのことをどう伝えたらいいのかわからず、翔吾には雅典と知り合いだったという
ことを言えずじまいだ。
「雅典さんに、翔吾さんの恋人として認められなかった」などと伝えられない。
そんなことをしたら、翔吾はきっと鈴乃に対して謝りを入れてくるだろう。
だが、それがきっかけで仲がいい兄弟の間に亀裂が入ってしまったら……?
想像すると怖くて、どうしても翔吾に言えなかったのだ。
それに、彼は今日フライトのはず。いらぬ心配をさせたくはない。仕事に専念して
もらいたかった。
彼が帰ってきたら、一度相談しよう。そう思っていた矢先だった。
今朝になって両親が鈴乃が住むマンションに土下座しそうな勢いでやってきたのだ。
どうしてもお見合いをしてもらいたい、と。
だけど、お見合いなんてできるはずがない。鈴乃には翔吾という恋人がいるのだ。
両親にはきちんと「将来を約束している人がいる」と伝えたのだけど、それでもで
きたら会ってあげてほしいと言われてしまった。
お見合い相手の彼が鈴乃を忘れて前に進めるように振ってあげてと頼み込まれてし
まい、引き受けてしまったのだ。

両親はここ最近の鈴乃を見て、誰かと付き合っていると薄々感じていたらしい。相手方に「娘はどうやら誰かいい人がいそうだ」と伝えたらしいが、なんと相手もそのことを知っていたという。

それでも気持ちだけ伝えさせてほしいと懇願されてしまったようだ。

「鈴乃も知っている人だし、悪い人ではないんだ。会えればそれでいいと言っている。人助けだと思って引き受けてくれないか？」

振られれば諦めもつくからとその人から言われ、情に流されてしまったらしい。

その話を両親から聞いて翔吾に相談をしようと思ったのだけど、そんな時間さえも与えられなかったのだ。

両親にお見合いをお願いされたのは、つい数時間前。とてもではないけれど、すでにフライトしている彼に連絡なんてできなかった。

――ごめんなさい、翔吾さん。必ず断りますし、あとで説明しますから。

空に向かって、手を合わせて謝り続ける。

「それにしても、どうしてこんな急に……」

なんとなくだが、理由はわかっている。

お見合いまでの時間があればあるほど、鈴乃が尻込みし始めるのではないか。そう思ったからだろう。

だが、そこまで急に設けた見合いの席だが、実は今もまだ相手が誰なのか聞いていない。

両親の話では、鈴乃の知り合いのようなのだが……。

待ち合わせ時間と場所だけを、両親から伝えられただけなのだ。相手側から口止めされているのかもしれない。

ここは指定されたホテルの喫茶室。そこで待っていてほしいと告げられており、鈴乃は一人でソワソワとその縁談相手の到着を待っているところだ。

注文もせずにただジッと待っていると、「失礼」と声をかけてきて前のソファーに誰かが腰掛けた。今日、鈴乃をここに呼び出した人物だろう。

ハッとして顔を上げると、そこにはスーツを着た雅典がにこやかな笑みを浮かべていた。

「え？　雅典さん？」

昨日のことが脳裏を過り、身体が硬直してしまう。

彼に認められていない事実に、胸が張り裂けそうなほど辛くなる。

しかし、挨拶をしないわけにはいかない。これ以上心証を悪くしたくはなかった。

彼は我が社の専務になる人であり、親会社の御曹司でもある。

休日でも仕事なのだろうかと慌てて腰を上げて挨拶をしようとすると、それを止められる。

「鈴乃ちゃん、こんにちは。待たせてごめんね」

「え?」

驚きのあまりストンと再びソファーに腰を下ろしてしまう。

ポカンとしている鈴乃を見て、雅典は目を細めてほほ笑んでくる。

「僕が今日の見合い相手だよ、鈴乃ちゃん」

彼は向かい側のソファーに深く腰掛け、柔らかな表情で言う。

彼が今回の見合いを無理矢理強行させてきた相手だというのか。

まさか、という気持ちが強すぎて、何も言えずにいると、彼は「ごめんね」と優しげな口調で謝ってくる。

「今日は無理を言ったのに時間を作ってくれてありがとう、鈴乃ちゃん。めちゃくちゃ強引な見合い相手だなって思わなかった?」

「……思いました」

正直に気持ちを伝えると、彼は困ったように苦笑した。

「うん、そうだよね。自分でも強引だなって思ったからね」

未だにこの状況を呑み込めなくて呆然としている鈴乃に、彼はメニュー表を手渡してくる。

「まずは飲み物でも飲んで落ち着こうか。何がいい？」

そう促されて咄嗟にカフェオレをと言うと、彼は店員を呼んで注文をする。

店員が席を離れていく後ろ姿を見てから、雅典はテーブルの上で手を組んでこちらを見つめてくる。

「今日は来てくれてありがとう、鈴乃ちゃん。ご両親を怒らないでね。僕が本当に無理強いしたんだから」

「はい」

こくんと一つ頷くと、彼は目尻を下げてほほ笑んだ。

「僕ね、鈴乃ちゃん。君のことがずっと好きだったんだ。あの夏の暑い日に君に助けてもらったあの日から」

昨日、翔吾の恋人が鈴乃だと肯定したとき、彼は顔を歪めていた。

それは、鈴乃が翔吾と付き合っていることを否定してほしかったからなのかもしれない。

何も言えずにいる鈴乃に、彼は困ったように笑う。

「本当は海外に行きたくなんてなかったんだ。君のことが好きだったから。だけど、そういう訳にもいかなくてね」

「……はい」

小さく相づちを打つと、彼は堪りかねた様子で息を吐き出す。

「あのとき海外に行かずに……。君にアプローチしていたら、今頃鈴乃ちゃんは兄さんの手ではなくて僕の手を握ってくれていたのかな？　そう考えるとやるせなくてね」

彼の悲痛が伝わってきて辛い。だが、鈴乃にはどうしようもできなかった。

翔吾のことが好きなのだ。雅典の気持ちを受け止める訳にはいかない。

視線を落として彼の話をジッと聞いていると、「実はね……」と彼は切り出してくる。

「兄さんにパイロットを辞めて家に戻り、鈴乃ちゃんと一緒になるか。それとも鈴乃ちゃんを諦めてパイロットを続けるか。選んでくれって進言した」

「え……？」

驚いて顔を上げると、雅典はどこか後ろめたさを感じているような視線を向けてきた。

「だってずるいだろう？　夢と鈴乃ちゃん。どちらも手に入れるなんて。僕なんて、兄さんの代わりに家を継ぐ決心をしたのにさ。兄さんは、自分の希望通りに生きていくなんて」

「そんな……」

家族から猛反対をされてパイロットになった話は聞いている。

だが、そこまでして選んだ道だ。彼が今の仕事に誇りを持っていることは知っている。

それに今も彼は努力を続け、パイロットの仕事を全うしているというのに……。

無理矢理辞めさせられるなんて酷すぎる。

ギュッと手を握りしめて泣き出しそうになるのを堪えていると、雅典は前のめりになった。

「助けたい？」

鈴乃を試すように、彼は言う。もちろんだ。助けたいに決まっている。

大きく頷いて彼を見つめると、彼は意味深な笑みを浮かべた。

「ただ、一つ。条件があるよ」

「条件……ですか？」

問いかけると、彼は感情の色が見えない目で見つめてくる。

その視線の冷たさにゾクリと背筋が凍った。

「鈴乃ちゃんが兄さんと別れて、僕のお嫁さんになること。それが条件だよ」

「え？」

「もちろん、この取り引きがされたことについては兄さんには黙って別れることも約束してほしい」

「黙って、別れる……？」

「そう。こんな取り引きがされたと知って、兄さんが君を諦められるはずがないだろう？　だから、兄さんにはこう言うんだ。〝私は翔吾さんより雅典さんの方が好きになってしまったから別れてほしい〟ってね」

まさかそんなことを言われるとは思わず、思考がストップしてしまう。

表情が強ばった鈴乃に、「しっかり考えてほしい」と雅典は言い募ってくる。

時間をあげるからと言われたが、鈴乃は首を横に振った。

翔吾のためには、雅典の手を取った方がいいのかもしれない。だけど……。

――別れたくなんてない！

唇をキツく引き、涙が零れ落ちそうになるのをグッと堪える。

こんなに好きなのに、彼から離れるなんて考えられない。

だけどここで決断しなければ、彼の夢を鈴乃が奪ってしまう。

ギュッと爪が食い込むほど手を握りしめながら、彼をまっすぐ見つめた。

「私、雅典さんとは結婚できません。ごめんなさい」

深々と頭を下げると、彼は抑揚のない声で聞いてくる。

「それは、兄さんが夢を諦めてもいいってこと？」

「いいえ。諦めないでいてほしいです」

今の自分の気持ちを伝えていると、店員が注文していたコーヒーとカフェオレを持ってやってきた。

立ち上る（のぼ）コーヒーの香りが心地いいが、今はそれを楽しむ余裕なんてない。

雅典はコーヒーを一口飲んだあと鈴乃に視線を向けた。

「諦めないでほしいのなら、君は僕のお嫁さんになるしかないかな」

何も言えずにただ口を閉ざしている鈴乃に、彼は容赦なく現実を突きつけてくる。

「わかっている？　鈴乃ちゃん。兄さんの命運は、君が握っているんだ。僕は兄さんが鈴乃ちゃんと付き合っていると知ったとき、憎しみしか抱かなかったよ。どうしたら兄さんを貶めることができるのか。それしか考えられなかった。それは今も考えは変わらない」

ふぅと小さく息を吐き出したあと、彼は意を決したように強い眼差しを向けてきた。

「僕が君を兄さんから奪えば、きっとこの恨みも解消されるはず」

「雅典さん」

彼の顔が、痛々しく映った。兄思いの雅典をこんな顔にしているのは、きっと鈴乃がこの人の前にいるせいだ。

「そんなことを考えてしまうほど、君のことを愛してしまったんだ」

彼の手を取れば、翔吾は夢を諦めずにいられる。わかっている、わかっているけれど、自分の気持ちには誠実でいたい。

まだ、鈴乃にもできることがあるはずだ。あると信じたい。

覚悟を決めた鈴乃は背筋を伸ばし、雅典に対峙した。

「ごめんなさい。私は翔吾さんが好きなんです。その気持ちを偽るなんてできません」

「鈴乃ちゃん」

沈痛な面持ちの彼を見て、胸がギュッと締め付けられる。

だけど、どうしたって彼の気持ちを受け入れる訳にはいかない。

翔吾が好きだ。その気持ちはずっとずっと変わらない。だからこそ、彼のためになるのならなんでもするつもりだ。

深く息を吸い込む。じわじわと涙が目に浮かんでくるのがわかったが、必死に堪えて覚悟を決める。

「私が現れる前は、翔吾さんも雅典さんも仲がよくてお互いを思い合っていたはずです」

「え？」

どこか戸惑った声を発する彼を見ながら続ける。

「それなら、私が貴方たちの前から消えればいい」

きっぱりと強く言い切った。目に力を入れ、ただ翔吾の幸せだけを考える。

胸が痛くて苦しい。本当は一人でなんて生きていけない。

絶望に苛まれながらも、ただ愛する人を守りたい。その一心だ。

沈黙が落ちる。雅典が息を吞んだのがわかった。

腰を上げようとすると、彼は慌て出す。

「ちょ、ちょっと待って、鈴乃ちゃん。落ち着こうか」

鈴乃の発言に驚いた様子だ。だが、鈴乃はこれが一番丸く収まる解決方法だと導き出した。

仲がよかった兄弟が争う原因は鈴乃であることに間違いない。問題が解消されれば二人は元通りになるはずだ。

何より鈴乃が身を引くことで、翔吾は夢を追い続けることができる。

——本当は彼のそばでその姿を見ていたかったけど、仕方がないよね……。

彼の言葉を無視し、立ち上がる。そして、雅典を見下ろした。

「私が翔吾さんと別れれば、雅典さんは恨みを晴らせますよね」

「鈴乃ちゃん……」

俯いた瞬間、我慢していた涙がぽろぽろと落ちていく。その大粒の涙は、心の痛みをより激しくした。

涙声になりながらも、声を絞り出す。

「恨みが晴らせたら、もう一度お二人で話し合いをしてください」

雅典は腰を上げるとハンカチを取り出し、涙を拭ってくれようとする。

しかし、その手をやんわりと拒否して彼に懇願した。

「私には、この方法でしか翔吾さんを守れません。どうか、翔吾さんの気持ちを汲んであげてください」

お願いします、と深々と頭を下げた。これ以上はもう無理だと思ってその場を逃げるように去る。

「ちょっと待って、鈴乃ちゃん。僕が悪かった、だから——」

これ以上、彼との交渉はできない。鈴乃ができる最大限の回答はしたつもりだ。

背後から雅典の制止する声が聞こえたが、それを振り切ってホテルを飛び出してバス停を目指す。

「翔吾さん……、翔吾さ……ん」

走りながら、何度も彼の名前を呼ぶ。

涙で滲む青空。この空のどこかに、愛おしい彼がいる。

だけど、もう彼との未来を願ってはいけないのだ。

「やだ……。そんなの、イヤ」

わんわん声を上げて泣きたい。だが、もう泣く力さえも絶望という感情のせいでなくなってしまった。

ほんの数日前、翔吾は鈴乃の両親に挨拶をしたいと言ってくれていたのに。それも、もう叶わない。

来週には翔吾とシンガポール旅行をする予定だ。そして、あの思い出のホテルに宿泊する。

なかなか会えない中、電話やメールで計画を練ってようやく旅行に行くことが決まったのに……。

婚前旅行の予定が、失恋旅行に変わるのかと思うと悲しくて胸が苦しい。

今回の旅行で彼との思い出をたっぷり作ったあと、別れを告げようと決意する。

お見合いについてあとで翔吾に話して謝ろうと思っていたが、それもやめておこう。

相手が彼の弟である雅典だと聞いたら、二人が揉めることになるかもしれない。

何もかもを鈴乃の胸の内に秘めたまま、彼から身を引いた方がいいだろう。

翔吾と別れれば、雅典は溜飲を下げることができるはず。翔吾にパイロットを辞めて、会社を継いでほしいという考えを改めてくれるかもしれない。

翔吾の夢を守るためには、鈴乃は雅典と結婚した方がいいだろう。しかし、それだけは絶対にできない。

翔吾が好きなのに、他の男性と生涯を歩む誓いなんてできないから。

頬を濡らす涙は一向に止まる気配をみせない。それも仕方がないだろう。

この胸の痛みや切なさ悲しさはずっと消えることはないのだろうから。

鈴乃は涙を拭う気力もなくバス停に辿り着くと、停まっていたバスに乗り込んだ。

11

自宅マンションからタクシーに乗って、鈴乃が暮らすマンションまでやってきた。

タクシーから一度降りると、鈴乃が声をかけてくる。

「お待たせしました！　翔吾さん」

キラキラの笑顔が眩しい。相変わらず鈴乃は愛らしくて、人目を気にすることなく抱きしめたくなる。

彼女に出会った当初から同じ気持ちを持ち続けているが、より彼女への気持ちが深まっている気さえして彼女への深愛ぶりに苦笑してしまう。

マンションのエントランスからスーツケースを持って飛び出してきた鈴乃を見て、「ほら」と右手を差し出す。

トランクにスーツケースを入れてあげようとしたのだが、なぜだか彼女はその小さな手をちょこんと手のひらに載せてきた。

そして、澄んだ瞳で見つめられてドキッとする。やっぱり抱きしめたい。

かわいらしい鈴乃の行動にフフッと小さく笑い声を零し、今度は彼女に左手を差し出した。

「スーツケース、貸して。トランクに入れるから」

鈴乃は最初こそ不思議そうに何度か瞬きを繰り返した。

だが、すぐに自分が勘違いをしていたことに気がついたのだろう。顔を真っ赤にして慌てふためいた。

「もぅ、恥ずかしい……」

頬に両手を当てて、羞恥に耐えているようだ。

その様子を見て、ふと思い出す。

「そういえば、シンガポールの空港で初めて会ったときも、実は勘違いしていたんじゃないか？」

「っ！」

彼女を置き引き犯から守ったあと、一緒にタクシーでホテルへ向かうときだった。

彼女のスーツケースをタクシーのトランクに入れてあげようと手を差し出したとき、彼女は不思議そうな顔をして手をモジモジさせていたことを思い出す。

あのときも、もしかしたら俺の手に自身の手を載せるべきかと考えていたのではないか。

山をかけて言ったのだが、翔吾の予想は当たっていたようだ。

鈴乃はボンッと音がしそうなほど真っ赤になって目を泳がせた。

「……だって、翔吾さん。王子様みたいだったから、ドキドキしちゃって」

鈴乃ビジョンでは、どうやら王子様のように見えたらしい。

王子が姫に手を差し出してエスコートする。そんなシーンを思い浮かべて戸惑っていたというのか。

——本当にかわいらしくて困る……。

翔吾が鈴乃を揶揄ったはずなのに、こちらがなぜかダメージを受けてしまった。

鈴乃に負けず劣らず顔を赤くしてしまい、咳払いをしてそれをごまかす。

まだ鈴乃は恥ずかしくて堪らないのだろう。顔を両手で覆っている。

そんな彼女もかわいいなと思いながら、一人恥ずかしがっている彼女の頭にポンポンと優しく触れる。

鈴乃が指の間からチラリとこちらを見つめてきた。

翔吾との身長差はかなりある。どうしたって彼女からしたら、翔吾を見るときは上目遣いになってしまうのだろう。

しかし、その表情が小悪魔的にかわいらしく、いつも翔吾の心を乱しているということには気がついていないようだ。

人目がなく、ここが鈴乃の部屋であったら……。間違いなく、彼女はベッドに押し倒されているだろう。

きっと旅行どころではなくなっているはずだ。

「翔吾さん？」

どうしたの、と目で訴えかけてくる。小首を傾げる仕草までされて、ドキッとしてしまった。

彼女を抱きしめてキスをしたくなるのを堪えて、なんでもないよと首を横に振る。

彼女の手からスーツケースを受け取ると、トランクに入れた。

「鈴乃、おいで」

彼女をタクシーの後部座席に座らせ、自身も乗り込んだ。

タクシーが空港に向かって走り出したあとも、鈴乃は先程の勘違いを恥じているようだ。

こちらにチラチラと視線を送りながらも、まだ恥ずかしいようで身体を縮こまらせている。

そんな鈴乃の手を握りしめると、彼女の顔をのぞき込んでほほ笑みかけた。

「大丈夫。俺も手を繋ぎたかったから、勘違いじゃない」

少しでも羞恥心が収まればいいと思って言ったのだが、なぜだかますます顔を真っ赤にした彼女は唇を尖らせる。

「……今度は違う恥ずかしさが込み上げてきちゃいました」

「違う恥ずかしさ？」

翔吾がこんなふうにタクシードライバーがいるところでベッタリとくっつき、その上甘い言葉をかけてくることに対して恥ずかしがっているのだろう。

わかっていたが、あえて彼女に問いかけてみた。

すると、「意地悪ですよ」と翔吾を見て、頬をふくらませて呟く。

潤んだ瞳で睨まれても怖くない。それどころか、かわいらしく見えてしまう。

そんなことを言ったら、今度こそ顔を見せてくれなくなってしまうかもしれない。

だから、言うのをやめておいた。

「今日はいいお天気になって良かったですね。ネットニュースで調べたら、シンガポールもいいお天気みたいですよ」

機嫌を直したハイテンションな鈴乃を横目で見て、彼女に見つからないように嘆息した。

彼女はどこか張り詰めた緊張感を持っていて、少し涙目だ。

無理をしているのが伝わってきて、彼女を今すぐに抱きしめたくなる。

繋いでいた手をキュッと握りしめると、鈴乃は照れたように笑った。

その笑顔が痛々しく見えるのは、きっと先日の出来事が彼女を苦しめているせいだ。

翔吾は、昨日のことを思い出す。


昨日、ようやくフライトから戻り、雅典に会うべく実家へと向かった。

そこでなぜだか翔吾を避ける雅典を捕まえ、彼に宣言をしたのだ。

「俺はパイロットを辞めて、杉園を継ぐ」

悩み苦しんだが、導き出される答えは一つだった。鈴乃を諦められない。

ギュッと手を握りしめ、覚悟を持って雅典と対峙した。

きっぱりと言い切る翔吾を見て一瞬面くらった様子を見せた雅典だったが、試すように鼻で笑う。

「そう、決めたんだ」

「ああ」

深く頷いたあと、覚悟を滲ませて雅典に視線を向ける。

「鈴乃は渡せない。悪い」

深々と頭を下げると、なぜだか頭上から盛大なため息が聞こえてくる。

どうしたのかと頭を上げると、ソファーに身体を深く沈ませて天井を仰ぐ雅典がいた。

「親の説得を振り切り、政略結婚を一度は覚悟してでもパイロットの道を諦めなかった兄さんが、鈴乃ちゃんを選択するってことだよね」

「その通りだ」

きっぱりと言い切ると、雅典が再び深く息を吐き出す。そして、「完全に負けだな」と呟きながら上体を起こしたあと、今度はなぜか雅典が頭を下げた。

「兄さん、申し訳なかった」

鈴乃の意思を無視して無理矢理見合いの席を設けたことを白状したのだ。

見合いの場で「翔吾と別れて雅典と結婚しなければ、翔吾はパイロットの道が閉ざされる。それでもいいのか」とそんな嘘を鈴乃に言ったというのか。

「どうしてそんなことを！」

雅典の胸ぐらを掴んで怒号を飛ばすと、彼は「本当に悪かった」と後悔を滲ませてきた。

一発殴ってやりたかったが、まずは話を聞くべきだと雅典を解放する。

ヨロヨロとソファーに座った彼が語ったことを聞き、更なる怒りで手が震えた。

「鈴乃を泣かせた、だと？」

「泣かすつもりはなかったんだ。どんな反応をするか見たかっただけ。それだけだったんだけど……」

雅典が頭を抱えて、懺悔を続ける。

「鈴乃ちゃんが兄さんを好きだってことはわかっていたよ。だけど、少しでも僕のことを考えてほしくて」

「だから、そんなことを言ったのか」

怒りを滲ませて聞くと、雅典は肩を落とす。

「僕だって彼女があんな決断をするとは思っていなかったんだ。まさか、兄さんのことが好きだから僕とは結婚できない。でも、兄弟で仲違いしてほしくない。だから、鈴乃ちゃんが二人の前から消えるからなんて」

心底後悔しているのだろう。先日会ったときと比べると、雅典はかなり憔悴していた。

「鈴乃ちゃんを泣かせてしまった……。後悔してもしきれない」

いくら振られたからといっても、心底好きになった人だ。その人の涙を見て、雅典は慌てて本気ではないと話そうとしたのだという。

だが、鈴乃は泣きながら立ち去ってしまったらしい。

今更彼女の前に現れることもできず、かと言って翔吾にも詳細を告げることができず思い悩んでいたという。

「悔しかっただけなんだ。なんでも思いのままにしている兄さんが羨ましかっただけ。鈴乃ちゃんが兄さんを想っているのを見て、もう僕の入る余地なんてないんだって悲しくて思わず試すようなことを言ってしまった……」

フラフラとソファーから立ち上がると、弱々しく笑う。その表情がとても痛々しくて、何も言えなくなる。

「本当にごめん、兄さん。僕が言うのもおかしいかもしれないけれど、鈴乃ちゃんを幸せにしてあげて」

「雅典」

「彼女は僕の言ったことを真に受けて、兄さんの幸せだけを考えて別れるつもりだ」

顔を上げた雅典は、クシャッと顔を歪める。

「彼女には幸せになってほしいから、だから別れようとする鈴乃ちゃんを止めてあげて」

「……ああ」

色々と言いたいことはある。だが、雅典の気持ちもわかるだけにその怒りをグッと抑えたのだが……。

もう一度、隣に座る鈴乃を見つめる。

雅典との一件について、彼女からは何も聞いてはいない。おそらく内緒にするつもりなのだろう。

翔吾と雅典の関係性が崩れないよう、鈴乃は自分の意志で別れを決めたと告げようとするはずだ。

それはきっと、この旅行の終わりだろう。

翔吾のためを思って、身を引く覚悟をしている。

自分の心を犠牲にしてまで、翔吾のことを考えてくれる。彼女らしいと言えば、その通りだろう。

こういうところでも、心の強さを見せつけてくる。

鈴乃の素敵なところではあるけれど、今は腹立たしかった。

少しは頼ってほしい、甘えてほしいと思ってしまう。

自分のことを置いておいて、他人に気を配る彼女だ。

だからこそ、鈴乃を守りたいと思う。その役目は誰にも譲るつもりはない。

繋いだままでいる彼女の手をギュッと握りしめた。

すると、彼女は驚いてこちらに顔を向けてきて、そして綺麗にほほ笑む。

「どうしましたか？　翔吾さん」

「いや、なんでもない」

「本当ですか？　疲れちゃいました？」

仕事忙しかったですものね、と翔吾を労ると、鈴乃は自分の肩をポンポンと叩いて目元を和らげた。

「空港に着くまで休んだ方がいいですよ」

肩を貸してくれるというのだろう。だが、その好意は遠慮して、繋いでいた手を引き寄せた。

「疲れているのは、鈴乃の方だろう？　ほら、少し休め」

そう言って彼女の頭を自身の肩に導いた。

「大丈夫ですよ、私」

「大丈夫じゃない人が言う、常套句だな。ほら、いいから」

翔吾も頭をコテンと倒し、彼女に寄りかかった。

「旅行は始まったばかりだ。お互い体力温存しておかなきゃな」

「ですね」

彼女の笑みに応えるように翔吾も目元を緩ませながら、彼女の手を包み込んで優しく握りしめる。

彼女の目の下には隈(くま)があり、おそらくあまり眠れていないのだろうとわかった。

きっと今回のことで思い悩み、眠れぬ日々を過ごしていたはずだ。

この旅行で彼女の意識が変わることを願いたい。それを期待しているし、身を引こうとする考えを改めてもらいたいと思っている。

今回の件については丸く収まったとしても、根本的な考えを変えてくれなければダメだ。

彼女の口から「別れたくない」と言ってくれなければ、意味がないだろう。

鈴乃は、わかっていない。何をおいても翔吾は鈴乃を選ぶということを。それだけ、彼女を愛しているということを。

翔吾がどれほど鈴乃のことを大事に思って、愛しているのかを。鈴乃には身をもって知ってほしい。

この旅行でわかってもらえるように、努力するだけだ。

「シンガポール、楽しみです」

無理矢理声を弾ませる彼女を見て、翔吾は唇に笑みを浮かべながら頷く。

——翔吾の前から姿を消すなんて絶対にさせない。別れてなんてやらない。

そんな覚悟を心の中で呟いたあと、彼女の手をもう一度キュッと握りしめる。

どうやらそのまま二人で眠ってしまったようで、空港に到着するまで眠りながら寄り添っていた。

＊　＊　＊　＊

翔吾と三年ぶりに再会した地、シンガポール。

彼と一緒に手を繋いで降り立つ未来を、あの頃鈴乃は想像もしていなかった。

それなのに、こうして彼と肩を並べてシンガポールの町並みを見つめている。

感慨深いものを感じると共に、悲しみが深くなっていく。

彼との運命的な出会いの土地でもありながらも、今日からは心が引き裂かれそうになるほどの痛みを伴う別れの土地にもなるのだから。

この旅行が終わるときに翔吾には別れを切り出そうと思っているが、果たして感情的にならずに告げることができるだろうか。

綺麗な別れを演じられるか。それだけが心配だ。それに——。

鈴乃はバッグの取っ手をギュッと握りしめた。

バッグの中には翔吾からもらった婚約指輪が入っている。

これを彼に返さなければならない。だが、そんなことができるのだろうか。

シンガポール・チャンギ国際空港からタクシーに乗り、やってきたのは歴史あるこのラグジュアリーホテルだ。

あのときの老夫婦が言ったように、ジンクスによって二人は運命を手繰り寄せることができた。

こうして彼と結婚を考えるまでの仲になったのだ。あの話は本当だったんだと信じることができる。だが、一生を共にすることは叶いそうにもないが。

ホテルにまつわるジンクスを教えてくれた老夫婦は、今の翔吾と鈴乃を見てどう思うだろうか。

少し前のことなのに懐かしく感じながら、ホテルの前に立つ。

このホテルで二泊して、再び日本へ帰国する予定だ。

そのときには、もう彼とこうして手を繋いではいないだろう。

その未来はもうすぐそこまで来ているかと思うと、今この場所で声を上げて泣きたくなる。

一歩を踏み出すのが、とても怖く感じてしまった。

タクシーからスーツケースを取り出していると、ベルボーイがやってきて荷物を受け取ってくれた。

その間も思い出深いこのホテルを見つめ続けていると、彼は顔をのぞき込んでくる。

「ほら、行こうか」

彼が大きな手のひらを差し出して、魅惑的な笑みを浮かべてくる。

その笑みに応えるように、大きく頷く。

今はとにかく何も考えず、ただ彼と一緒にいるこの時間を楽しみたい。

「はい！」

その大きな手のひらに自身の手を載せると、翔吾は指と指を絡ませてくる。恋人繋ぎだ。

彼と付き合って半年以上が経過しているというのに、こうして手を繋ぐだけでも心臓がドキドキしてしまう。

「なんだか懐かしく感じるな」

「そうですね」

目を細めてホテルを見つめる彼に笑顔を向ける。彼も、とても柔らかくほほ笑んでいた。

彼の笑顔を忘れないように心に刻んでおこう。そう思うたびに、胸が軋んだ音を立てている。

苦しくて、切なくて……痛い。こんな気持ち、翔吾と出会うまでは知らなかったのに……。

この旅行が終わるまでは、こうして笑顔でいなければならないなんて。できるだろうか。

無理をしている自分に気がつき、また一つ気分が落ち込んでいく。

――ダメダメ。別れを告げるまでは、楽しまなくちゃ。

彼との残りわずかな時間をめいっぱい楽しみたい。

その思い出を抱えて、これから鈴乃は一人で生きていかなければならないのだから。

ふと、雅典のことが脳裏に浮かんだ。

彼の恨みは、鈴乃が翔吾から離れることによって晴らされるだろう。だから、それで勘弁してもらいたい。

雅典としては、自分の恋を成就させたかっただけだろう。そして、それを翔吾に見せつけたかっただけだ。

だけど、そんなことをしたら、仲がよかった二人の関係が修復不可能になってしまう。

それだけは、どうしても避けたかった。

富貴子に相談をしようと思ったが、彼女の兄弟が仲違いしていることを告げるのは憚られた。

身内の、それも仲がいい兄弟の悪口みたいなことは聞きたくないだろう。そう思って言えなかったのだ。

ヒリヒリと痛む胸を押さえていると、頭上から心配そうな声が聞こえる。

「どうした？　体調が悪いのか？」

ロータリーを抜けてホテルの入り口前にある階段まで来て、思わず足を止めてしまった鈴乃を翔吾は気遣ってくれた。

翔吾は腰を屈め、心配そうに鈴乃の顔をのぞき込んでくる。そんな彼の優しさに触れ、泣きたくなってきてしまう。

ダメだ。雅典との見合いから、胸が締め付けられるほど痛くて、辛い。

ともすれば、すぐに涙腺が緩くなってしまい涙が零れ落ちそうになってしまう。

翔吾との別れのカウントダウンが一つ、また一つと近づいてくる。

そのたびに、どうしようもない感情が渦巻いていくのがわかる。

だが、それを翔吾に悟られてしまってはいけない。彼には真実を何も言わずに別れなければならないのだから。

落ち込む気持ちを吹っ切るように、首を大きく横に振った。

「大丈夫です。なんだか感慨深いなぁって思って」

彼に必死に笑いかけ、なんでもないそぶりをする。すると、彼はこちらに近づいて揶揄ってくる。

「ああ。俺たちの初キスの場所だからな」

「ちょ、ちょっと！」

まさか翔吾の口からそんな言葉が出てくるとは思わなかった。

人前でそういうことを言う人ではない。それどころか、恥ずかしがるような人だと思っていたのだけど……。

驚いて止めようとすると、彼は目映い笑みを浮かべた。

「浮かれているんだ。鈴乃と久しぶりに一緒にいられるから」

「っ！」

彼はここ最近ずっと仕事などで忙しくしていて、二人がこうして会うのは実は久しぶりだ。

本来なら、鈴乃も心が躍って仕方がないという状態になっていたはず。

だけど、そうできない事情があるのが悲しい。

「そ、そうですよね」

慌てて笑顔を浮かべて返事をすると、彼は鈴乃の肩を抱き寄せて耳元で甘く囁いてくる。

「お前を早く抱きしめたい。ベッドの上で」

「っ！」

一気に顔が熱くなる。

真っ赤になって狼狽えていると、彼は鈴乃の髪に手を伸ばしてきた。

そして、髪をひと房手にするとそこにキスをしてくる。

ドキッと胸が高鳴って動けないでいると、「行こうか」と彼は手を引いてきた。

翔吾がいつも以上に甘くて、どうしていいのかわからない。心臓がありえないほどドキドキしている。

俯いて頷くと、彼の手に引かれたまま階段を上っていく。

ホテル内に入り、フロントへ行ってチェックインの手続きを済ませた。

ベルボーイに案内されて、今夜宿泊する部屋へと向かう。

彼と手を繋ぎながら、こっそりと横にいる翔吾を見つめる。

——こうして、ずっとずっと彼の隣にいられればいいのに……。

叶わない願いを心の中で唱えて、無性にむなしくなってしまう。

幸せすぎる今だからこそ、これからのことを考えると苦しくて堪らない。

こっそりと唇を噛みしめて、その痛みに耐えながらエレベーターホールへと向かっていく。

ロビーを通り抜けていこうとすると、『あら？　もしかして、あのときの！』そう声をかけられた。

驚いて声の主を探すと、手を振ってこちらに向かってくる老夫婦がいる。

このホテルのジンクスについて教えてくれた夫婦だった。

『こんなふうにまた出会うなんて、奇跡に近いわね』

このホテルは何かそういう縁でも結んでいるのかしら、そう言って夫人がコロコロと鈴を転がすように笑った。

彼女の言う通りだ。奇跡のような再会に驚きを隠せない。

話を聞けば、彼らは世界中を旅行していて、再びシンガポールにやってきたのでこのホテルに宿泊をしているという。

夫人は和やかにほほ笑んで翔吾と鈴乃に視線を向けてきた。

『ほら、言ったでしょう？　このホテルのジンクスは当たるのよ』

「え？」

なんて言ったの？　と翔吾を見ると、彼は以前のように訳して教えてくれる。

確かに、ジンクスは当たっていた。

大きく頷くと、夫人は嬉しそうに目尻にしわを寄せる。

『だって、私たち夫婦は出会った頃、喧嘩ばかりしていたのだけど。このホテルでね、ひょんなことでキスをしたら……こうして夫婦になってしまったぐらいだもの。貴方たちだってそうだったんでしょう？』

驚く翔吾と鈴乃を見て、お見通しだと言わんばかりにほほ笑み『素敵な日々を』と言って手を振って去っていく。

彼女たちの背中を見送りながら、どうしても涙が我慢できなくなってしまった。

ポロポロと大粒の涙を流して立ち竦む鈴乃を、何も言わずに翔吾は抱きしめてくる。

老夫婦が教えてくれたジンクス。

そのジンクスに導かれるように翔吾と日本で再会を果たし、こうして恋人同士にもなれたことを喜んだ。

だけど、その出発点であるこのホテルで別れを告げようとしている。

それが苦しくて、切なくて、悲しい。

「……さよなら、したくない」

思わず口から飛び出したのは、鈴乃の本音だった。

だが、これは翔吾には聞かれてはいけない。咄嗟に手で口を押さえたが、溢れ出てくる涙は抑えることができなかった。

ジンクスが本当になればいい。心の片隅で、そんなふうに願っていた。

鈴乃が別れると言っても、運命が繋いでくれて、彼との未来を歩めるようになる。

そんな未来が来ることを願ってしまっていた。

だから、諦めきれなくて彼と一緒にシンガポールに来たのだ。

別れる前に、彼との思い出がほしい。そんなのは建前だ。綺麗事だ。

本当は、ほんの少しでも長く彼と一緒にいたかった。

少しの可能性に賭けてみたかった、賭けたかった。

このホテルでキスをした二人は、離れることがないというジンクスを。

別れるのならば、さっさと日本でさようならと告げることはできた。

でも、それをしなかったのは一縷（いちる）の望みに賭けてみたかったから。

出会ったばかりの男女が、このホテルでキスをしたら結ばれる。

そんな本当なのか嘘なのか誰にもわからないような夢物語を信じていたかったのだ。

人が行き交う、ホテルのロビーの真ん中で二人は抱きしめ合う。

翔吾は鈴乃がどうして泣いているのか、わかっているように優しく諭してくる。

「それなら、しなければいい」

「え？」

驚いて彼を見上げる。だが、涙で視界が滲んでしまい、彼がどんな表情をしているのか見えなかった。

そんな鈴乃に、彼は優しく声をかけてくる。

「さよなら、しなければいいんだよ」

「翔吾さん？」

雅典との一件について、翔吾には一切話していない。

事が事だけに、雅典だって翔吾に詳細など話せるはずはないだろう。

それなのに、どうして翔吾は何もかも知っている様子なのだろうか。

彼は鈴乃を抱きしめる腕により力を込めながら、つむじにキスを落としてきた。

そして、鈴乃の頭をかき抱くように包み込んでくる。

ぬくもり、そして香りに包まれて、彼のすべてがやっぱりほしいと縋り付きたくなった。

何も言わずに硬直している鈴乃に、彼は強い口調で言い切る。

「言っておくが、俺は鈴乃と別れるつもりはない。誰がなんと言おうと。もちろん、家族が何か言ってきたとしても、別れないから」

「翔吾さん……？」

胸騒ぎがして心臓がドクンと大きな音を立てた。

彼の腕の中から見上げると、翔吾と視線が絡み合う。すると、彼が優しくほほ笑みかけてきた。

「雅典からすべて聞いた」

「え……？」

信じられなくて、それ以上は何も言えなくなってしまう。

小刻みに震えている指先を止めたくて握りしめる。

彼は何もかもを知っていた。その事実が受け止められなくて、ただ涙が頬を伝っていく。

鈴乃の頬を流れる涙を指で拭いながら、彼は目を細めた。

どこか苛立ちを隠せない表情で、翔吾は淡々とした口調で言う。

「実は、俺も雅典から挑発されていた」

「俺も、って……」

驚いて目を見開くと、彼は目尻に溜まった涙に唇を押しつけながら言う。

「仕事と鈴乃、どちらか一方だけを選べと言われた」

「え？」

まさか雅典は、鈴乃と翔吾の二人に同じような選択を迫って別れさせようとしていたのか。

瞬きを繰り返していると、翔吾は柔らかい表情を浮かべた。

「だが、いくら考えたって答えは一緒だった。鈴乃しかいらない。雅典にはそう答えておいた」

「翔吾さん」

「俺は鈴乃を諦めるなんてできないから」

彼に真摯な目を向けられて、抑えていた感情が溢れだす。

キュッと唇を噛みしめたあと、翔吾を見つめた。

「私も……、私もです。貴方を諦めるなんてできない！」

涙を流しながら気持ちを打ち明けると、彼は優しくほほ笑んだ。

「結局、雅典が最後の足掻きをしたくて嘘を言っていただけだ。もう、アイツの言ったことで悩まなくていい」

「ほ、本当……？」

「ああ、雅典から申し訳なかったと鈴乃に伝えてくれと言われている」

それを聞いて、足下から崩れ落ちそうになった。

ヘナヘナと力なくその場にしゃがみ込もうとする鈴乃を、翔吾は咄嗟に抱き留めてくれる。

「大丈夫か、鈴乃」

「は、はい。すみません……安心したら力が抜けちゃって」

今頃になって身体がガクガクと震えだしてしまった。

虚勢を張ってはいたが、ずっとずっと怖くて仕方がなかったのだ。

翔吾がいない未来なんて考えられない。鈴乃はずっとそう思っていたから。

別れなくていい、諦めなくてもいい。その事実が今もまだ受け止めきれなくて縋るように彼を見つめた。

「雅典さんの嘘だったんですね」

「ああ」

翔吾が大きく頷くのを見て、心底安堵する。

ホッとしすぎて、頭の中が真っ白になってしまった。

「本当じゃなくてよかった」

ただ安堵と喜びで、「よかった」しか言えないし、考えられない。

泣き笑いをしてこの複雑な感情を吐露していると、翔吾は真面目な表情で言い切ってきた。

「だが、もし本当だったとしても、俺は鈴乃を選んだ。それだけは誰にでも言えるし、実際雅典にも伝えた」

それを聞いて、胸がギュッと鷲掴みされたように痛んだ。

鈴乃は彼のシャツを握りしめて必死に訴えかける。

「そんなのダメです。パイロットの仕事を辞めるなんて！」

厳しく言ったのだが、反対に翔吾には睨み付けられてしまう。

「じゃあ、俺に鈴乃を諦めろというのか？」

「えっと……」

戸惑うと、彼はグイッと顔を近づけてきた。

「俺は鈴乃を諦められない。鈴乃は、俺を諦められるのか？」

「言い方が卑怯ですよ！」

あまりの迫力にタジタジになっていると、彼はフッと笑って表情を和らげた。

そして、どこか挑発するような目で鈴乃を見つめてくる。

「なんとでも。俺は鈴乃をこの手にし続けられるのならば、どんな手でも使う。それを今回改めて実感した。だから、俺のためと思うのならば、鈴乃はずっと俺のそばにいなければならないんだよ」

「翔吾さん」

彼の優しさと、情熱が伝わってくる。鈴乃が大事だと言ってくれた。それが嬉しくて堪らない。

再び目に涙が浮かぶ。顔をくしゃくしゃにして、彼を見上げた。

彼は大きな手のひらで、頬に優しく触れてくる。

彼からの温かみを感じて、一粒涙が零れ落ちた。

「ありがとう、鈴乃。俺のことを気遣ってくれて」

「翔吾さん……」

「俺のことを思って別れを選んでくれたのはわかっている。だけど、それだけはもう二度とやめてくれ。鈴乃がいなくなったら、きっと俺はパイロットとしても人間としても生きていけなくなるから」

「……っ」

嗚咽を上げながら彼にしがみつく。そんな鈴乃を彼はその力強い腕で抱きしめてくれた。

——やっぱり離れられない。

翔吾がいなければ、生きていけない。それは鈴乃だって同じ気持ちだ。

だが彼のことを考えるあまり、二人が不幸になる選択をしようとしていた。

「私、翔吾さんと離れたくないです……っ」

ヒックヒックと嗚咽交じりでそう言うと、彼は厳しく、だけど真摯な視線を向けてきた。

「当たり前だ。離れるなんて許さないぞ」

そう言って翔吾は優しく頭を撫でてくれる。その手つきがとても優しくて、温かくて……。

また涙が一粒零れ落ちてしまった。その涙を、彼の長く綺麗な指が拭き取ってくれる。

彼と視線を合わせ、見つめ合う。そして、自然にお互いの顔が近づき——口づけを交わす。

何度も角度を変えてキスを続けたあと、彼は我に返って鈴乃を隠すように抱きしめてきた。

「翔吾さん?」

もっとキスをしてもらいたかったのに、どうして急に止まってしまったのだろう。

彼の腕の中で不思議に思っていると、彼は照れくさそうに呟く。

「……場所を変えよう」

その言葉を聞いて、ようやくこの現状を思い出した。

——そういえば、ここ……ロビーの真ん中だった!

恐る恐る彼の腕の中から辺りを見回すと、ホテルを利用している人たちからの視線を感じた。

微笑ましいという表情で通り過ぎる人もいれば、指笛を鳴らす人、「Congratulations!」と祝福してくれる人まで様々だ……。

二人のことを新婚旅行で来た幸せいっぱいな夫婦だと思っているのかもしれない。

彼に別れを告げなくてはいけないと思い詰めていたから、不安が取り除かれてホッとしすぎてしまったようだ。

翔吾のことだけしか見えなくなって、彼にもっと抱きしめてもらいたいという気持ちが大きくなりすぎた。周りが見えなくなってしまっていたようだ。

顔が一気に熱くなり、慌てて翔吾から離れる。

とにかく、ここから立ち去ることが先決だろう。

そう思って翔吾に声をかけようとしたのだが、次の彼の行動に驚きすぎて言葉を失う。

鈴乃は、なぜだか真っ赤な顔をしている翔吾にお姫様抱っこをされていたのだ。

「え？　え？　翔吾さん？」

本当は大きな声で叫びたかったのだけど、戸惑いすぎて小さな声で彼の名前を呼ぶことしかできない。

ますます周りの視線を集めることになってしまい、恥ずかしくて堪らなくなる。

それは、翔吾にだって同じことが言えるはずだ。

それなのに、どうして彼はより目立つようなことをしたのか。

とにかく下ろしてもらおうと声をかけたのだけど、彼は鈴乃の声を無視してロビーを闊歩(かっぽ)していく。

「鈴乃を失うと思えば、どんなことでもできるってことがわかったな」

「な、何を言っているんですか！」

絶対に翔吾だって恥ずかしくて堪らないはずだ。だって、こんなに頬が真っ赤なのだから。

それでも彼は鈴乃を下ろそうとはしなかった。

ベルボーイはニコニコと愛想よく笑ったあと、翔吾に何かを耳打ちして立ち去っていく。

翔吾もまた、ベルボーイに『ありがとう』とだけ伝えると、鈴乃を抱き上げたままエレベーターホールへと足を向けた。

「え？　え？」

心配になって彼に視線を向けると、鈴乃が言いたいことが伝わったのだろう。翔吾はクスクスと楽しげに笑った。

「大丈夫、ベルボーイは気を利かせてくれただけ」

「え？」

「スーツケースは先に他のスタッフが部屋に運んでおいたから素敵な夜をと言われた」

「っ！」

そんな恥ずかしいやりとりをしていたというのか。

熱くなってしまった頬を両手で隠す。羞恥で何も言えない。

鈴乃がかなり恥ずかしがっているのがわかっているのだろう。開き直った様子の翔吾は意地悪く笑う。

「素敵な夜を過ごそうか、鈴乃」

「……」

「それとも寝不足気味だろうから、眠る？」

鈴乃の顔をのぞき込んで、試すようなことを聞いてくる。

答えなんてわかっているくせに、本当に意地悪だ。

彼から視線をそらしてそっぽを向いたあと、小さく呟く。

「……素敵な夜を過ごしたいです」

勇気を出して、翔吾の首に腕を絡ませて抱きつく。

すると、彼は嬉しそうに「了解」と言って到着したばかりのエレベーターに乗り込んだ。


部屋に辿り着き、ようやく下ろしてもらえた。しかし、それはベッドの上だ。

彼は鈴乃の腰を跨ぎ、衣服を脱ぎ捨てていく。

鈴乃を見下ろしてくる彼の目には確かに情欲の色が濃く出ていてセクシーだ。

彼と視線が絡むたびに、ゾクリと甘美な刺激が身体中に走っていく。

「鈴乃、もう離さない。何があっても……絶対に」

切なさと覚悟を滲ませた彼の声を聞き、胸が締め付けられた。

彼に相談もせずに別れを決めてしまった自分を悔いる。

翔吾のためだとはいえ、独りよがりな決断をしてしまったことが重く鈴乃の心に影を落としている。

そのことに、翔吾はきっと気がついているだろう。

上半身裸になった彼が覆い被さってきて、鈴乃の目元にキスをした。

涙の跡が残る眦（まなじり）を労るように、優しく何度も唇を押しつけてくる。

もう泣かなくていい、そんな彼の気遣いが心に沁みた。

「約束します。もう貴方から離れません」

戒めも込めて、今ここで彼に宣言をする。すると、彼はおでことおでこを合わせてきた。

ジッと真摯な目で見つめてきて、ドキッとしてしまう。

「本当？」

「本当です」

きっぱり言い切ると、彼は鈴乃の頬を撫でてきた。

その愛おしいと言わんばかりの彼の目を見て、涙目になってしまう。

「もう泣かなくていい」

「翔吾さん」

「俺が鈴乃の立場でも同じ答えを出していたと思う。きっとお互い思いやりすぎているのかもしれないな」

笑む。

「はい」

「そんな二人だからこそ、やっぱり離れるべきじゃない。俺はそう思う」

鈴乃が彼に同意して大きく頷くと、「この話はもうおしまい」と彼は柔らかくほほ笑む。

そして、甘くセクシーな低い声で囁いてきた。

「今は、鈴乃が俺のそばにいることを実感したい」

「私も……、翔吾さんを感じたいです」

ゆっくりと目を閉じると、唇に柔らかく温かな感触がした。

チュッとリップノイズを立てながら、彼は情熱的なキスを繰り返していく。

何度も角度を変えながら、お互いの熱を唇越しに感じた。

翔吾は熱を持った舌と唇で、鈴乃のすべてを奪うようにキスを深いものにしていく。

彼の手は鈴乃の何もかもを奪っていき、すべてを曝け出されてしまった。

もう、何も彼に隠すものはない。

「愛している……」

何度も愛を囁く彼の唇は、鈴乃の身体の隅々にまで触れていく。

そのたびに嬌声を上げて、彼からの愛撫を受け止めた。

翔吾が触れるところ、すべてが愛されていく。それが嬉しくて堪らない。

もし、あのまま別れてしまっていたら……。そう考えると居ても立ってもいられなくなってしまう。

絶対にこの熱を手放したくない。誰にも渡したくない。

そんな気持ちを伝えたくて、鈴乃は自ら彼の唇にキスをした。

「大好きです、翔吾さん」

涙を滲ませた目で彼を見ると、彼はそっぽを向いてしまった。だけど、なんだか頬が赤い気がする。

照れてしまったのだろうか。鈴乃に対してはあれだけ甘い言葉を囁き、先程なんて人の目など気にせずにお姫様抱っこまでしたのに。

なんだかかわいらしいな、そんなふうに思っていられたのはそこまでだった。

彼は淫欲めいた表情を隠しもせず、鈴乃の身体を開いた。

「かわいいのは、鈴乃。お前の方だ」

どうやら心の中で思っていたことが、彼に伝わってしまったようだ。

チュッと内ももにキスをしたあと、熱く蕩けているであろう場所を彼のすべてを使って暴かれていく。

穿たれた楔が熱い……。
何度も身体を合わせ、彼の熱と蕩け合うのが気持ちいい。
もう離れない。離さない。
お互いギュッと抱きしめ合い、一つになるその瞬間を待ち望む。
身体を揺さぶられ、高みに押し上げられ。
二人だけの甘い空間が、情熱的な愛で埋め尽くされていく。
一際高く嬌声を上げた鈴乃を、翔吾はいつまでもきつく抱きしめ続けた。

エピローグ

彼は人気が少ない川の畔まで来ると、熱が籠もった声で囁いてくる。

「鈴乃、愛してる」

今日一日、二人で色々なところを巡った。

彼との初めての旅行はとても楽しくて、ずっとこんな時間が続けばいいのにと思ったほど。

翔吾に素直に言うと「何度だって一緒に旅行をすればいい。これからはずっと一緒なんだから」と言われて、幸せを噛みしめた。

リバーサイドにあるレストランで美味しい中華を食べ終えた二人は、川の畔を散策中だった。

夜のとばりが落ち始めると、ロマンティックな雰囲気になっていく。

ランプが灯り、ムーディーな大人の空間を作っていた。

ランプの光があるとはいえ、数メートル先は暗くてあまり見えない。

店が立ち並ぶ場所から少し離れたこの辺りには、人の気配は感じられなかった。

人がいないのをいいことに、彼と何度かキスをした。

見つめ合い、お互いの瞳に情欲の色を見つける。すると、彼は切ない声で囁いてくる。

「部屋に戻るまで我慢できない……。もっとキスさせて」

そんなことを耳元で懇願されながら、彼は再び鈴乃の唇を愛し始めた。

彼の手は鈴乃の左手に触れたあと、薬指にある婚約指輪を確認するように何度も指で撫でてくる。

実は昨夜、彼に「仕事中は無理かもしれないが、指輪を填めていてほしい」と言われたのだ。

鈴乃としては傷つくといけないと思って大事にしまっておいたのだが、彼はお気に召さなかったらしい。

「指輪は男に対しての牽制でもあるんだから」と注意されてしまったのだ。

大丈夫。ちゃんと填めてますよ。そんな気持ちを込めながら、鈴乃に触れている彼の手を握りしめた。

そのときだ。ドンッという大きな音と光に辺りが包まれる。

二人とも驚いてキスを止め、慌てて周りを見回す。

すると、川の向こう岸から花火が次から次に打ち上げられていく。

「綺麗……」

なんだか二人を祝福するようなタイミングで花火が上がり、感嘆の声を上げる。

翔吾は背後から鈴乃を抱きしめ、一緒に花火を見上げた。

「このシンガポールで鈴乃と出会えたことが、俺の人生で一番の幸せだったと言えるな」

そんな甘い言葉を言う彼に、一つだけ秘密にしていたことを打ち明けた。

「違いますよ？」

「え？」

「私、実はシンガポールの空港で助けてもらう前に、翔吾さんとはすでに出会っていたんですよ？」

クルリと振り返る。すると、彼は不思議そうな顔をしていた。

もしかしたら覚えていないかもしれない。だけど、二人の思い出は共有しておきたかった。

「もうすぐで四年前になりますが、貴方が副操縦士としてフライトした福岡ー羽田便に私も乗っていたんです」

彼の目が驚きに見開かれ考え込む仕草をした。やはり覚えていなかったか、と落胆しながらも続ける。

「その日は羽田空港に近づくにつれ悪天候に見舞われて落雷で機体は揺れるし、着陸復行になったりと大変な空の旅でした。機長は体調が悪化して操縦ができない状態。その中、若き副操縦士がたった一人でピンチを切り抜けました」

翔吾の胸に顔を埋めながら、話を続ける。

「周りはその副操縦士は、立派に仕事をやり遂げたと思っていました。だけど、彼は満足していなかった。横殴りの雨に打たれる機体をロビーから見つめていて、その横顔はとても険しかったんです。だから、私――九州の神社でいただいてきた開運招福のお守りを」

そこまで話すと、彼は「ちょっと待って」と言って、胸ポケットから何かを取り出した。

それは、お守りだった。そのお守りを彼は鈴乃の手のひらに載せてきた。

驚いて顔を上げると、翔吾は幸せそうに、そして嬉しそうな顔をしていた。

声を弾ませて鈴乃を見つめてくる。

「あの女性は、鈴乃だったんだな。ありがとう。俺はこのお守りのおかげで、ここまで頑張れたんだ」

「翔吾さん？」

「フライトのたびに、このお守りを肌身離さず持ち歩いているよ」

「嘘……」

まさかずっと持ち歩いてくれていたなんて思いもしなかった。

驚きで目を見開いていると、彼は頬にキスをしてくる。

「お守りをくれた女性をずっと探していたんだ。まさか、鈴乃だったなんて……。やっぱり運命かな」

そうかもしれない。喜びが込み上げて感極まっていると、彼はなんだか意地悪っぽく笑い出した。

「そうか、開運招福のお守りを渡してくれたつもりだったんだな」

「え？」

「ほら、見てみろよ」

鈴乃の手のひらに載っているお守りを指さす。怪訝に思いながらお守りを確認して、一気に顔が熱くなった。

「え？　え？　どうして？　縁結びのお守り⁉」

神社で「開運招福のお守りを」とお願いしたはずだ。だが、そのときの巫女が間違えて縁結びのお守りを袋に入れたのだろう。

あのとき、バッグから咄嗟に取り出して翔吾にお守りを手渡したものだから中身を確認しなかったのだ。

全然見当違いのお守りなのに、翔吾はずっと持ち歩いてくれていたのか。

顔を真っ赤にして恥ずかしがっていると、翔吾は鈴乃を抱き寄せてきた。

「この縁結びのお守りがあったから、再び俺たちは出会えたんだよ。お守り違いもきっと必然だったんだ」

「翔吾さん」

涙目で見つめると、「そういうことにしておけよ」と楽しげに笑いながら唇を寄せてくる。

大輪の花火が夜空を彩る中、何度もキスを交わす二人。

二人の手には縁結びのお守りと、そして永遠の愛が残った。

キスを止めた翔吾は、鈴乃の耳元で甘く懇願してくる。

「愛している、鈴乃。早く結婚したい」

そんなふうに熱っぽく言う彼を見て、鈴乃はつま先立ちになり、そして――。
答えを返すように、彼の耳元で「私もです」と囁いた。

あとがき

ここまでお読みいただきまして、ありがとうございます。橘です。
皆様、どんな春をお過ごしだったでしょうか？（現在、四月に入ったばかり）
今年は桜の開花も例年より遅いため、ここからお花見が楽しめるかなと思うのですが、花粉症のせいでお外に出るのも覚悟が必要でして……。
それでも、やっぱり春の陽気に誘われて、ウキウキして外へと果敢に出て行く私がいます（笑）

さて、今作のテーマは『ジンクス』です。

パイロットである翔吾と、ＯＬである鈴乃。

普通に過ごしていたら、なかなか接点はない二人。ですが、運命に導かれるように出会い、惹かれ合っていきます。

ホテルのジンクスやお守りの力があったと信じている二人ですが、きっとそれだけではない強い縁（えにし）、そして二人の努力が実を結んだのだと思います。

そうでなければ、不思議な力も発揮されないのではないかな？　そんな気持ちを込めまして執筆いたしました。

翔吾と鈴乃の未来はここからです。きっと二人手を取り合って、どんな困難でも乗り越えていける。そんな気がしています。

そして、今作では書き切れなかったのですが、富貴子は翔吾たちの結婚を機に両親と和解するというシナリオが出来ております。もちろん、雅典も時間はかかりますが、二人を祝福したことでしょう。杉園家の三兄弟の幸せな行く末を考えながら、お話に浸っていただけましたら幸いです。


表紙イラストを手がけてくださったのは、芦原モカ先生です。

今作もめちゃくちゃ素敵で美麗な二人を描いていただきました。感謝でいっぱいです。ありがとうございました。

そして、刊行するにあたりご尽力くださった皆様方、ここまで読んでくださった読者の皆様方、本当にありがとうございました。また何かの作品でお会いできることを楽しみにしております。

橘　柚葉

マーマレード文庫

冷徹な辣腕パイロットは、愛を貫く極上婚約者でした

2024年6月15日　第1刷発行　定価はカバーに表示してあります

著者　橘 柚葉　

発行人　鈴木幸辰

発行所　株式会社ハーパーコリンズ・ジャパン
東京都千代田区大手町1-5-1
電話　04-2951-2000（注文）
0570-008091（読者サービス係）

印刷・製本　中央精版印刷株式会社

ISBN-978-4-596-63746-8